集英社オレンジ文庫

やとわれ寵姫の後宮料理録　二

日高砂羽

本書は書き下ろしです。

目次

イラスト／ボダックス

やとわれ寵姫の
後宮料理録
二
日高砂羽

一章　血まみれの乞巧奠《きつこうでん》

天下を統《す》べる嘉《か》王朝の国土は広い。

北は秋になれば雪が降りだす森林地帯、南の果てに連なるのは冬でも常夏の島々、西は沙漠《さばく》が広がる乾燥地帯、東南は米が実る豊かな平野が広がる。

この大地に君臨するのは、百五十年前に天下統一を果たした周《しゅう》氏だ。

都・安平《あんぺい》にある禁城は天帝の城を模したといわれ、分厚い紅墻《かべ》と明黄色《めいこうしょく》の甍《いらか》屋根が連なる広大な空間だ。

この禁城の主である皇帝・周玄覇《げんは》は年明けに即位したばかり。

二十二歳の若き皇帝は、南方の片田舎・麗州《れいしゅう》という土地から〝糟糠之妻《そうこうのつま》〟を伴い上京して即位した貧乏皇族だった。

貧しい夫を支えた妻は、皇后に次ぐ貴妃《きひ》の身分を与えられ、市井《しせい》でも皇宮でも、この世でもっとも幸運で幸福な女だと思われている。

しかし、その妻は、実は金で雇われた契約寵姫《ちょうき》だという事実は、ふたりとごくわずかな同志だけが知る皇帝の最高機密であった。

禁城の中にある寿安宮《じゅあんきゅう》は、丁寧に世話をされた花壇があり、季節の花と常緑の低木が植えられている。妃たちが住む区域と離れた寿安宮は常に静けさに包まれて、夫を亡くした皇太后が余生を過ごすにはふさわしい場所だ。

しかし、その寿安宮に今、若い娘の悲鳴が響いていた。

「うひぃ」

布の裏から通した刺繍《ししゅう》針で指を刺し、千花《せんか》は目に涙をためる。

十九歳という娘盛りの千花は、目も鼻も口も理想的な場所に位置しているのだが、本来は地味という印象しかない顔立ちだった。しかし、今はあらゆる技法を駆使して化粧をし、皇帝の寵姫にふさわしい愛され顔面に変貌《へんぼう》している。

卓を挟んで座る皇太后は、呆《あき》れた顔を向けた。

「また刺したのかえ？　これでいったい何度めじゃ」

「五回目です」

律儀に答えた千花に、皇太后が深いため息をついた。

「一休みしようかのう。さっきもした気がするが」

布を卓に置き、皇太后は侍女《じじょ》が運んできた蓋碗《がいわん》を手にする。茶を飲む皇太后の横で、千花は連れてきた侍女・詠恵《えいけい》に指をあずけた。

春の陽だまりのような微笑《ほほえ》みをほんわかと浮かべる詠恵が、傷に軟膏《なんこう》を塗り、包帯を巻いてくれる。

「軽傷ですわ、貴妃さま。安心なさってください」

「うん、がんばる」

詠恵の励ましに、千花は涙目でうなずいた。

布を支える左手は、すべての指に包帯が巻かれている。

皇太后は半眼でふたりを見比べた。齢《よわい》三十を迎えても清艶《せいえん》な美貌を失わない皇太后は、異民族の血を引くことを示す金の瞳に訝《いぶか》しげな光を浮かべている。

「そなたは厨師《ちゅうし》ではないか。いつも菜刀《ほうちょう》で細かな作業をしておるだろうに、縫《ぬ》い物はてんで駄目じゃのう」

「菜刀とは力の加減が違っていて、難しいんです」

千花は自分の両手を見た。厨師である証《あかし》は、昔こしらえた火傷《やけど》や切り傷の痕《あと》だけ。洗いものをしなくなった手はあかぎれも消え、肌はなめらかになってしまった。

(ああ、菜刀が握りたい)

刺繍針など投げ捨てたいが、そうもいかない事情がある。

夏至《げし》に行われた地を祀《まつ》る郊祀《こうし》のあとは、七月七日の乞巧奠《きっこうでん》だ。天帝の衣を縫うという織《しょく》女《じょ》に、女たちは裁縫の腕の上達を願う。

宮中の乞巧奠は、皇族やその妻子が集《つど》い、自《みずか》ら縫った衣や刺繍を祭壇に供えて織女の加護を祈る。天下の織物業が盛んになるようにと率先垂範《すいはん》する意味もあるらしい。

千花は皇后代理なだけに、刺繍をした衫《さん》が衣桁《いこう》に飾られるというありがた迷惑な役目があった。本当は裙《くん》にも刺繍をしなければならないのだが、千花があまりに下手《へた》くそなせいか、見かねた皇太后が担当してくれることになった。

茶を飲んだ皇太后が蓋碗を卓に置き、再び針を手にした。裙の裾《すそ》に芙蓉《ふよう》の花を刺繍しながらぼやく。

「そなた、田舎におった時分は、皇帝の服など縫っておったのではないかえ？」

「ええと、継ぎを当てたり、綻《ほころ》びを繕《つくろ》ったりはしていたんですが、刺繍はまったく」

「乞巧奠まであと五日。せめて、その衫には刺繍をせねば、格好がつかぬぞ」

「皇太后さまにもご協力をいただいていますし、がんばります！」

千花は力こぶをつくってみせた。短衫の袖《そで》に隠れて見えないが、意気込みだけは示しておきたい。

「貴妃さまは皇后代理で雑用も多うございますもの。針が進まないのも、仕方がございませんわ」

皇太后の筆頭侍女である瑶月《ようげつ》が丸顔に憂《うれ》いを浮かべ、団扇《うちわ》で皇太后をあおいでいる。

夏至が過ぎて、このところ、さらに暑くなってきた。

「しかし、乞巧奠は皇族が集まるからのう。不出来だと、恥をかくぞえ」

「中止にしたほうがよろしかったのではないでしょうか？　金州《きんしゅう》が水灾《すいさい》という知らせが届いたのは数日前。皇上も、本音ではそれどころではないというお気持ちでしょうに」

瑶月のしんみりとした物言いに、束の間場が静かになった。

千花は複雑な表情で口を開いた。

「……急に取り止めることはできないだろうと皇上も仰せでしたから」

千花のとりなしに、皇太后が鼻を鳴らした。

「皇族の妻やら降嫁した公主やらに、水灾ゆえに中止にするなどと申しても、あれやこれやと文句をつけてくるだけじゃ。それくらいなら、さっさと済ませたほうがよかろう」

詠恵に視線を送ると、元皇太后付きの侍女だった彼女も、小さくうなずいて賛意を示す。

どうやら、皇太后は皇后時代にその手の女たちに苦労させられたようだ。

「皇帝も、皇族どもの相手をするなら乞巧奠の一日だけにしたいのじゃ。中止にすると言えば、慣例を無視するつもりかと後々まで不平不満をぶつけられるだけじゃからのう」

皇太后の眉間《みけん》の皺《しわ》がこれ以上深くならないよう、千花はぺこりと頭を下げた。

「……皇太后さまのご配慮に感謝いたします。内廷費の二割削減にご協力いただくとお約束していただき、皇上もありがたいと感謝を口にしておられました」

水灾にあった金州一帯は、長大な璃江《りこう》の流れが無数の沼沢地《しょうたくち》を生み、水が豊かで稲作が盛んだ。ただでさえ水の害に見舞われやすい土地ではあるのだが、夏至の前から長雨が続き、州内の湖からあふれた水が州都に流れこんで、家屋や人命が失われる甚大な被害を受けた。

一報を受けた玄覇は、金州の知州《しゅうちじ》にまずは避難場所の確保を命じ、近隣の州に衣類や寝具、食料を運ぶように命令をくだした。

水灾対応には金がかかる。財政を司《つかさど》る戸部《こぶ》尚書を激詰めして金を出させるだけでなく、皇帝と后妃の生活費である内廷費からも金を供出すると決めた。

（つまり、わたしに与えられた仕事が増えたってわけなのよ）

内廷費は要するに皇帝一家の家計である。家計の最終責任者は、皇后代理職である貴妃だ。

千花は内廷費の内訳を見直して、削れるところを必死に探している。まずは上から減らすのが筋だと貴妃宮の経費はもちろん、皇太后にも助力を求めたのだ。

「なに、大変なのは皇帝のほうであろう。ろくに寝ておらぬと聞くぞ」

皇太后は心配そうな顔をした。

「ご即位まもなく水灾が起こるなんて、お気の休まる暇もないでしょう」

瑶月も母のように案じている。

千花はにこやかに応じた。

「皇上は、この国は広いから、どこかで何かが起きている。だから、忙しいのは当然だとおっしゃっていました」

皇太后と瑶月は顔を見合わせた。

「聞いたかえ、瑶月。頼もしいことじゃ」

皇太后が満足そうにうなずけば、瑶月も声を弾ませる。

「やはり皇太后さまのご見識は高うございます。皇帝を正しく選ばれたのですから！」

先帝が後継を決めぬまま突然に崩御したあと、玄覇を皇帝に指名したのは皇太后だから、まじめに政務に励んでいることがうれしいのだろう。

「皇帝は若いがしっかりしておる。妾《わらわ》も安心じゃ」

「これでお世継ぎができたら、皇太后さまの心配の種がなくなりますわね」

「そうじゃのう。いや、すぐにとは言わぬぞ。これればかりは天の扶《たす》けにすがらねばならぬゆえ」

とはいえ、期待に満ちた目を向けられるのはどうしようもない。千花は皇帝が偏愛している唯一の妃なのだから。

「が、がんばります」

千花はせいいっぱい微笑みつつ平静を装い、卓に置いていた衫を手にとると、刺繍針を突き刺した。

刺繍を七割ほどまで仕上げて、千花は寿安宮を出た。

帰りに皇宮の厨房である御膳房《ごぜんぼう》に立ち寄り、仕上げを頼んでおいた湯《スープ》を受け取る。食籠《じきろう》に湯の入った蓋《ふた》つきの器《うつわ》を入れて、詠恵に持たせた。

向かうのは大光殿《たいこうでん》。後宮にある皇帝の住居兼職場である。

玄覇は、ここ最近、貴妃宮である芳華宮《ほうかきゅう》に来ない。朝から深夜まで、通常の上奏文の処理に加え、金州の水災の対応に追われているのだ。

大光殿に入ったら、まずは茶水間《ちゃすいま》に寄る。お茶の準備をする茶水間では常時湯を沸かしており、担当の宦官《かんがん》が見張りをしている。

窯《かま》に蒸し器を置いて湯を温めると、再び食籠に入れて執務室へと向かう。

執務室の内部はゆかしい墨《すみ》の香りが漂い、物音ひとつ立てるのも憚《はばか》られるような静かな空間だ。幅広の几案《つくえ》の前で上奏文を両側に積み上げ、玄覇が朱筆で書きこみをしている。

すっきりとした頬《ほお》の線、奥二重の穏やかな目元、高い鼻梁《びりょう》は横顔だとなお強調されている。端整な顔立ちの若き皇帝は、団龍紋《だんりゅうもん》で飾られた龍袍《りゅうほう》がよく似合っていた。

几案の対面では、翰林院《かんりんいん》学士の呉俊凱《ごしゅんがい》が資料を差しだしたり、上奏文を受け取ったりと忙しく立ち働いている。穏やかな空気をまとっている青年は、詠恵の兄であり、皇帝の側近中の側近だ。

そんな落ち着いた空間に異質な存在があった。

蟠龍《ばんりゅう》の刺繡がされた派手な曳撒《えいさん》を着た青年が、逆立ちで几案の周囲を巡っていたのだ。

「何をしてるの?」

千花がたずねると、青年が逆立ちをしたまま千花の前に高速移動してきた。

「ひっ」

得体の知れない化け物があらわれたかのように驚いたが、彼は平静そのものだ。

黒髪を頭のてっぺんでまとめ、細身だがしっかりと筋肉がついた身体《からだ》つきは玄覇と似ている。場合によっては彼の代役を務められるように、体形を維持しているらしい。

頰から顎《あご》の線は玄覇と同じくすっきりとしているが、棗《なつめ》の形をした目がやたらと愛嬌《あいきょう》がある。青年は、息も乱さずに答えた。

「暇だから、鍛えてるっす」

「そ、そう」

「無忌《むき》、この書類を戸部に持っていけ」

「はい!」

無忌と呼ばれた青年は、腕の力だけで跳ね上がると両足で着地した。

皇帝付き太監《たいかん》に任じられた無忌は、玄覇が田舎にいたころ護衛兼下働きをしていたが、その役目は太監となったあとも受け継がれている。

　無忌は玄覇に近づくと、目をキラキラさせて書を受け取った。

「戸部尚書に渡せばいいっすね。早く金を出せって締めあげてきますから！」

「締めあげるな。渡せばいいだけだ」

「言うとおりにするっす！」

　無忌は瞬《またた》く間に執務室を飛びだしていった。

（犬だわ……）

　無忌は十代になる前に浄身――すなわち男性器を除去された奴婢《ぬひ》だった。都に献上される途中に逃げたものの、崖から落ちて半死半生だった彼を、靖王《せいおう》と呼ばれていたころの玄覇が助けたのだという。

『死にかけのところを王爺《おうや》に助けられたっす。王爺は俺の命の恩人。だから、何でもするっす！』

　潑溂《はつらつ》と語っていた無忌は、昔から玄覇を見れば目が爛々《らんらん》と輝く、傍目《はため》にちょっと危ないお兄さんだったが、今も全然変わらない。

　玄覇が即位する前、地方の調査に行けと命じられると、涙ながらに別行動をとった。地の郊祀が終わったころに帰城すると、皇帝付き太監に任じられ、それからは玄覇にべったりとくっついている。さながら、主にまとわりつく飼い犬だ。

千花は玄覇にそろそろ近づくと、両手をこぶしにして腹の前で重ね、軽く膝《ひざ》を曲げる万《ばん》福礼《ぷくれい》をした。

「……皇上にご挨拶《あいさつ》いたします」

玄覇がようやく目を向けた。疲労のせいか、瞳に覇気がない。

「ああ」

寵姫を迎える顔ではないが、ここにいるのは玄覇と俊凱、千花と詠恵の四人だけ。これに無忌を加えた五人が、千花が偽の寵姫だと知る人間だ。

「顔、疲れてますよ」

「顔は疲れていない。むしろ、尻が痛い」

「お尻、揉みましょうか？」

千花は椅子《いす》に敷かれた明黄色の靠塾《クッション》を見た。

厚めでふかふかしてそうなのだが、やはり座りっぱなしはつらいのだろう。

「揉んでもらう必要はない」

「じゃあ、肩でもお揉みしましょうか？　わたし、けっこう力が強いですよ」

鉄鍋をふるっていた厨師の腕力を今こそ示すときだ。

玄覇は上奏文に朱筆で知道了《わかった》と書き入れつつそっけなく答えた。

「もう弱っているだろう。鍋をふるわなくなってどれくらい経《た》つ」

「……悲しい指摘をしないでくださいよ」

千花は眉尻を下げた。

貴妃の仕事に「鉄鍋をふるう」は入っていない。ここ最近、めっきり腕力が衰《おとろ》えてきているこことは、自分が一番わかっている。

「とにかく肩をお揉みします。一休みしたほうがいいんですから」

千花はそう言うと、後ろに回り、強引に肩を揉みだした。

左手は包帯だらけだから、右手が頼りだ。適度に力を入れてほぐしていく。

玄覇はやはり疲れていたのか、千花が揉みだすと、おとなしく筆を止める。

「めちゃくちゃ凝《こ》っているじゃないですか。指が当たるところ、ゴリゴリですよ」

ツボに肘《ひじ》先を入れながら、千花は詠恵に声をかける。

「詠恵、湯《スープ》を出してあげて」

「かしこまりました」

詠恵が几案の端に食籠を置き、中から蓋つきの器を取りだす。運ぶ様子を確認しながら玄覇にたずねた。

「お昼は食べましたか?」

「食べたぞ」

「包子《にくまん》をいくつか食べただけでしょ」

千花が指摘すると、玄覇は黙りこくった。

通常、皇帝の昼食は、ご飯と十皿ほどの菜《おかず》が並ぶものだが、ここ最近、昼は包子《にくまん》をつまむ程度で済ませているらしい。

「……腹がふくれると眠くなるだろう」

「夜、寝てないから眠くなるんですよ。お昼をちゃんと食べないと、力が出ませんよ？」

肩を揉みながらお小言を言う。寵姫というより母親みたいな気分だ。

玄覇は不服げに唇を尖《とが》らせた。

「……飯を食う時間など無駄だ」

「ご飯をちゃんと食べない、きちんと寝ない。それで、いい仕事ができると思いますか？皇帝に倒れられたら、適切な指示を出す人がいなくなって、みんなが困っちゃうでしょう？」

千花が重ねて説教すると、玄覇はやはり黙った。

「とにかく湯《スープ》を食べてください。身体にいいものですから！」

千花は肩を揉みながら顔を覗《のぞ》いた。

詠恵が蓋を開けると、肉の旨《うま》みが溶けた湯の香りがほのかに漂う。

「蓮藕排骨湯《れんこんとスペアリブのスープ》ですよ」

骨付きの肉はよく煮えてホロホロになっているし、一口大に切った蓮藕《れんこん》はシャキッとした歯ごたえともちっとした食感が口の中を楽しませてくれる。

「蓮藕は秋から冬が旬なんですが、はしりの蓮藕が入ってきたそうなんです。でも、貴重だから本数はそんなになくて……。だから、ここは皇上に食べていただかなくちゃって思ったんです。見た目はちょっと地味ですけど、おいしさは保証します」

白い蓮藕と茶色い排骨《スペアリブ》の取り合わせは、色合い的にはパッとしない。しかし、蓮藕の甘みと肉の旨みが溶けこんだ湯は、格別に滋味深いものだ。

いったん肩揉みをやめて玄覇の横顔を見つめ、無言で早く食べろという圧をかける。

玄覇は渋々といった様子でレンゲを取り上げた。一口食べて、じっくりと嚙《か》みしめている。

「……うまいな。想像よりも脂《あぶら》っぽくない」

「そうでしょう？　排骨は湯通ししたあと軽く焼くんです。こうすることで、無駄な脂を取り除いて、臭みをとります。味は塩だけであっさりと仕上げました。夏だから身体を温めるのはどうかなとも思いますけどね。でも、この湯なら食べごたえがあって、お腹《なか》も満足でしょう？」

湯の説明をしながらにんまりしてしまう。排骨の肉をやわらかく煮るためには、弱火で長時間じっくりと煮る必要がある。だから、千花は途中までこしらえて御膳房の厨師たちに引き継いだのだ。

玄覇は無言でレンゲを動かし続ける。額《ひたい》に汗が浮いてきた。

千花は手絹《ハンカチ》で汗を拭いてやる。間髪《かんはつ》を容れず詠恵が絹団扇をそっと差し出してきた。手絹と入れ違いに受け取って、玄覇をゆっくりとあおぐ。

（おいしくて栄養たっぷりの湯《スープ》を食べれば、きっと体調が整うはずよ）

昼でも明かりが必要な薄暗い部屋に閉じこもって仕事ばかりでは、気が滅入るはずだ。こういうときは、旨いものを食べて気分転換が必要なのだ。

「こんな手間暇のかかるものを作るなんて、乞巧奠の準備で忙しいだろうに」

「厨師たちに手伝ってもらいましたから。それに、わたしにも気分転換が必要なんですよ。苦手な針仕事をする合間に」

「……そうか」

玄覇はひとしきり湯を堪能したのか、レンゲを置いた。

詠恵が言いつけていたのか、宦官がお茶を運んでくる。

脇に置かれた蓋碗を持ち上げて茶を飲んでから、玄覇は絹団扇を動かす千花をちらりと見た。

「内廷費の二割削減は目途《めど》がついたか？」

「ええと、がんばってますよ」

心なしか風を送る手に力が入る。

「明日の朝礼で妃嬪《ひひん》たちに説明をする予定です。噂《うわさ》はすでに回っていると思いますけどね」

宮中の娯楽といえば、噂話が第一だ。

ことに皇帝の唯一の寵姫である千花に関わることは、妃嬪たちも熱心に集める。

「俺は三割減らせと言ったが、おまえが二割で勘弁してくれと言ったんだからな」

自分が決めた目標なんだから絶対に達成しろと脅《おど》しているようなものである。

千花はまるで炭火を起こすときのように団扇を動かしだした。

「わかってます！　新規の物品購入には制限をかけたし、料理も野菜中心で経費を抑えてくれるようにお願いしたし、乞巧奠の飾りつけも去年のものを使うようにしているし、皇上とわたしの服を新調するのもやめさせたし、皇太后さまにもご協力をいただいているし、なんとかよいお知らせができるようにしてますから」

必死に説明する千花のほうが汗をかきだした。

「そうか。ならいい」

玄覇がふと視線を虚空《こくう》に向けた。

「……こうしている間にも、金州の民はろくに食事もとれず、明日どころか今日の暮らしをどうしようかと悩んでいるはずだ」

玄覇が率先して水災対応にあたっているのも、金州の民を案じているからだ。

「……皇上のお気持ちは、きっと金州の民にも伝わります」

「俺の気持ちなどどうでもいい。金州の民を早く通常の生活に戻してやらねば、米の生産にも影響が出る。いや、米の生産どころか、困窮《こんきゅう》した民がいずれは国に対して反旗を翻《ひるがえ》すはずだ」

「まさか、そんな」

千花は頬を引きつらせた。いくらなんでも大げさだ。

「十年ほど前のことだ。金州の南方にある紅州《こうしゅう》で水災が起こった。あのとき、紅州の知州《ちゅうじ》は面倒を避けるため、報告をしなかった。水災で稲を流され、住まいを失い、多くの民が助けを求めたのに、知州は役所の門を固く閉ざして民の声を聞かなかった」

玄覇が怒りを滲《にじ》ませて言う。圧倒されて、絹団扇を動かす手が止まってしまった。

「それで？」

「紅州を襲ったのは、さらなる悲運だった。水災のあとは、ひどい日照りになり、作物どころか食べられる物がなくなった。多くの民が餓死《がし》しても、知州も監察に来た都察院《とさついん》の者も、今さら手の施《ほどこ》しようがないと放置した」

「……そんなひどいことに」

聞いているだけで心が錘《おもり》を入れられたように重くなる。

「生き残った紅州の民は、碧血会《へきけつかい》という秘密結社をつくり、官府や富商を襲ったそうですよ。それを鎮圧するために先帝は禁軍を派遣し、碧血会の者たちを殲滅《せんめつ》させたとか」

俊凱が穏やかに微笑んで付け足した内容は、さらに悲惨《ひさん》だった。

「金州の民を早く助けてやらねばならない。まちがっても、十年前のような失策は許されないのだから」

玄覇の言葉に千花は大きくうなずく。

「わたしも内廷費二割削減、がんばります！　でもそれを達成するために皇上にもご協力をいただきたいんです」

玄覇が怪訝《けげん》そうな顔をする。

「協力はしているだろう。無駄な明かりは消させているし、飯も減らせと言っているし、乞巧奠の献上品に対する返礼品は贈らないと伝えているぞ」

「そ、それだけじゃ足りないです。皇上にしかできないことをしてほしいんです」

千花は絹団扇を表裏とひっくり返しながら口ごもる。

言えば怒りを招くだろうとわかるだけに、なかなか言いだせない。

「俺にしかできないこととは、なんだ？」

「えーとですね……」

千花は深呼吸をして決意を固めると、彼の耳元にお願いごとを吹きこむ。

みるみるうちに表情が険しくなる玄覇に、千花はこれからはじまる修羅場を思い、唇の端を引きつらせた。

翌日。千花は朝礼を開いた。

朝礼は、本来皇后が開くものだが、皇后不在の現後宮では、次席の貴妃である千花が主催する。

嘉国の後宮の身分は皇后が頂点に立ち、皇后代理を務められる貴妃が続く。その下に、宸妃《しんひ》、淑妃《しゅくひ》、徳妃《とくひ》、賢妃《けんひ》の四妃が置かれ、さらにその下には九嬪《きゅうひん》――嫻嬪《かんひん》、僖嬪《きひん》、和嬪《わひん》、安嬪《あんひん》、恵嬪《けいひん》、麗嬪《れいひん》、寧嬪《ねいひん》、荘嬪《そうひん》、康嬪《こうひん》の身分が設けられている。九嬪の下に存在するのは、定数不定の婕妤《しょうよ》、貴人《きじん》、選侍《せんじ》。九嬪とその下の身分の差は大きい。

なにより、この朝礼に参加できるのは、四妃と九嬪のみである。これこそが後宮の幹部職である証だ。

芳華宮の広間に集った十人の女たちが、正面の宝座に座った千花に万福礼をする。

「貴妃さまにご挨拶《しんさい》いたします」

金銀と宝玉の簪釵《しんさい》で髪を飾り、刺繍や織文様に彩られた絹の衫裙を着た女たちが頭《こうべ》を垂れれば、さながら様々な色の蓮花が咲き乱れる清らかな蓮池《はすいけ》のようだ。

「楽にして」

「ありがとうございます」

声を揃《そろ》えて礼を言った娘たちが、宝座の下の左右に分かれた席につく。

と同時に、芳華宮の侍女たちがそれぞれに茶を配っていく。入れ替わってあらわれた侍女たちは、一口大の西瓜《すいか》の入った玻璃《はり》の器を茶卓に置いた。

「西瓜が安かったからまとめ買いしたの。みなの宮にも配るけれど、まずは冷えているうちにどうぞ」

千花が勧めると、妃嬪の中ではもっとも上座に座る韋《い》賢妃が象牙《ぞうげ》の楊枝《ようじ》を西瓜に差した。

一口食べてから頰に手を添える。

「よく熟した西瓜ですわね。甘くておいしい」

「西瓜ごときで、よくそんなに喜べますこと」

韋賢妃を醒《さ》めた目で見るのは、張《ちょう》僖嬪だ。

丸顔で、笑えば愛嬌がありそうな顔立ちなのに、常に不機嫌な表情をしている。

(安平守備を担《にな》う右衛軍《うえいぐん》を率いる輔国公《ほこくこう》の娘だっけ)

母親は先々帝の皇女で先帝の姉であり、常日頃から宗室の血を引いていることを自慢している。

「西瓜は、夏に食べるにはもってこいよ。暑熱を払い、喉《のど》の渇きを潤す効果があるわ。おまけに今の時期はとても安いもの。時季外れの葡萄《ぶどう》や橘子《みかん》を食べるよりも、よほどいいと思うけど」

張僖嬪が御膳房に葡萄や橘子を寄越せと無体な要求をしたのは、金州の水災の報告が届いたあとだ。

張信嬪は権高な顔を珊瑚《さんご》色に染めた。

「西瓜など下賤《げせん》の者たちの食べ物でしょう？　とても食べられませんわ！」

「姐姐《おねえさま》ったら、西瓜を食べないなんて、もったいない。この西瓜、水分たっぷりで、とてもおいしいですわ」

にこにこしているのは蘇《そ》康嬪。やたらと愛想がよく、誰にでも姐姐となつくかわいらしい娘だ。

「嫻嬪、西瓜は嫌い？」

嫻嬪の徐琳瑾《じょりんきん》が難しい顔をして西瓜を睨《にら》んでいた。

すっきりとした眉の下の黒目がちの目には意志が強そうな光が常に宿っている。中肉中背でいつもきびきびと動く姿は、さすが武門の娘だと感心するくらいだ。

徐家は建国の功臣であり、護国公《ごこくこう》という爵位を代々受け継いでいる。皇帝直属の軍である禁軍を預かっており、今は嫻嬪の兄が当主であるという。徐家は公主の降嫁もたびたび賜《たまわ》っていて、宗室とも浅からぬ縁があった。

「西瓜は好きですけれど、西瓜を食べるために集まったわけではないでしょう？」

射抜く目で見つめてくる徐嫻嬪に、千花は咳《せき》払いをした。

「ええ、そうよ。西瓜を振る舞うためではありません。今日は、みなにお願いしたいことがあります。それぞれの宮の経費を二割削減してほしいの」

九人の嬪とひとりの妃が顔を見合わせた。

後宮では、最低限の衣食住は身分に則《のっと》って配布をするように決められており、それ以外に必要なものは各宮に配る経費内でやりくりしてもらうようになっている。

たとえば、同居する婕妤や貴人へ渡す生活費、宮専属の侍女や宦官の俸給や心づけ、食事に追加する菜《おかず》や点心《かし》、特別にあつらえる衣裳やその手間賃等は、各宮の経費でまかなわねばならない。

「……噂は本当でしたのね」

徐嫻嬪がうなずくと、張僖嬪が噛みついてきた。

「二割も削減だなんて無理ですわ！」

「何をしたらいいんでしょう～」

蘇康嬪が頬に手を当てて小首を傾《かし》げる。

「食事を減らされるのですか!?」

顔色を変えるのは、食べることを愛する韋賢妃だ。

「食事は減らさないわ。ただ、お魚やお肉の菜は減ると思ってね」

「……お野菜ばかりだなんて、喪に服しているわけでもないのに」

と不満げに言う娘がいれば、

「貴人や侍女たちの費用を減らせばいいだけじゃない」

とのたまう娘もいる。

千花は再度咳払いをした。

「みなの宮に同居している婕妤、貴人、選侍は、あなたがたにとっては妹分。妹を守るのは、姐《あね》であるあなた方の役目でしょう。それに、侍女や宦官の給金を減らせば、やる気を失うわ。他のやり方で、経費を減らしてほしいのよ」

独立した宮を持てるのは九嬪までで、九嬪の下の婕妤、貴人、選侍は上位の妃の宮に同居する。すなわち、婕妤たちから侍女たちまでの生活の面倒を見てやるのが四妃と九嬪の責務だ。むろん、各宮の会計の最終責任者は四妃と九嬪になる。

「それなら、貴妃さまが有利ではないですか。芳華宮には世話をする妹がいないのですから」

張儐嬪の嫌味に、千花はにっこり微笑む。

「だから、わたしは三割以上減らすわ」

千花はやとわれ寵姫だから、秘密を守るためにも、同居者をつくるわけにはいかなかったのだ。

「でも、姐姐《おねえさま》。二割減らすのは大変ですわ」

蘇康嬪が悲しげにする。

「何を減らせばいいのかしら。おやつは減らしたくないもの」

韋賢妃が眉を寄せて西瓜を口にする。

「冗談ではないわ。乞巧奠のために新しい服を仕立てているのに。やめませんわよ」

張信嬪が顎を反らしている。

「みな、聞いて。経費を一番減らした人は、皇上から直接ご褒美をいただけます」

千花の発言に、全員が身を乗りだす。

「姐姐、ご褒美とはなんですか？」

蘇康嬪が甘えた声をだす。

千花は唇に笑みをたたえたまま全員を見渡した。

「今日から一月の間で、経費を一番減らした人と皇上は晩膳《ゆうはん》を共にしてくれるんですって。うまくいけば、一夜も過ごせるかもしれないわ」

後宮でも上位の妃たちが、みな声もなく目を瞠《みは》っている。

千花は小首を傾げた。

「ねえ、聞いてる？」

直後にうわっと声があがった。

「こ、皇上と一夜を――」

「ようやく侍寝《よとぎ》を務められるのですね……！」

「わぁ、がんばりまーす！」

ざわめきがやまぬ中、千花はにこやかな表情を保ったまま冷や汗をかいていた。

（……一夜、過ごしてくれる……かな……）

他の妃嬪たちに協力をしてもらうため、玄覇に妃嬪と晩膳《ゆうはん》を共にしてくれと頼んだが、簡単にうんと言ってくれるはずはなかった。

『俺がおまえをなんのために雇ったのか、わかってるのか？』

眉を吊り上げた玄覇に、必死に頭を下げた。

『一夜だけ！　一夜だけだから！　金州の民のためだと思って……！』

と拝んだ。

（皇帝は基本的にひとりで食事をするというのが後宮の決まりなのよね）

だから、皇帝が膳を共にするというのは、褒美や恩恵の類《たぐい》に数えられる。

しかし、玄覇にしてみれば、好んでやりたいことではないのだ。

（そもそも、わたしが雇われたのは、他の女子を寄せつけないためだから）

女嫌いの玄覇が後宮の女たちを堂々と避けるために雇った契約寵姫。

それが、千花だ。だから、自分の役目とは真逆のことを頼んでいる。

しかし、内廷費二割削減を達成するためには、なんとしても玄覇の助力が必要だった。

『信賞必罰《しんしょうひつばつ》が皇上の信条ですよね。だったら、わたしにちょっとだけでも協力してください！』

手を合わせて拝み倒し、なんとか食事を共にすることだけは約束してくれた。

（一夜を過ごすについては……流れでがんばってほしい……！）

基本、女に対しては塩対応しかしない玄覇を相手に、侍寝まで持っていける娘がいるかどうか。

とりあえず、当日は密かに見守ろうと思っている。

（何か問題が起きたら、全力で止めに入る必要があるし）

ここにいる妃嬪たちは、玉座を狙っている恭王《きょうおう》と衛王《えいおう》、ふたりの皇族の息がかかった貴族たちの娘である。

（下手をすると、皇帝の命が危ない）

そのときは、千花が身を盾《たて》にしてでも止める予定だ。

「本当ですか、貴妃さま。からかっているわけではありませんよね」

徐嫻嬪が真剣な目で問いつめてきた。

千花は気圧《けお》されてうなずく。

「え、ええ、本当よ」

「では、励みます。皇上と必ず一夜を過ごしてみせますわ」

徐嫻嬪が戦《いくさ》に挑む将軍のように覚悟の決まった目をしている。

「まあ、わたくしだって！」

「わたしもがんばります〜！」

「負けませんわ！」

鼻息を荒くする娘たちを前に、千花の背を冷たい汗が流れていった。


翌日、千花は各宮を見て回ることにした。

「まずは康嬪のところから行こうかな」

「かしこまりました」

千花は詠恵を連れて、慶祥宮《けいしょうきゅう》へ行く。

宮の門を抜けると、門庭に出された竿《さお》に幅広の布が干されていた。布は桃色や緋《ひ》色に染められている。

「きれい……」

「姐姐《おねえさま》、いらっしゃい！」

蘇康嬪が手を振りながら宮から出てきた。

連れているのは、慶祥宮の別棟に住んでいる三人の貴人だ。

「何をしてるの？」

「手持ちの白い布を染めたんです〜。自分たちで乞巧奠用の服を仕立てましょうって。昨日、さっそく染めて、干しているんですわ」

蘇康嬪がにこにこしている。

千花は手を叩いた。

「すごいわ、康嬪」

「でも、間に合いますか、康嬪さま。だって、乞巧奠はあと三日……」

貴人のひとりは戸惑い顔だ。

「なんとかなるわよ～。侍女たちに寝ずに縫わせれば」

「康嬪、それはちょっと感心できないわ」

千花は咳払いをして諫《いさ》める。

蘇康嬪は小首を傾げた。

「駄目ですか？　でも、わたしはお供えの刺繍をするのでせいいっぱいなんです」

「康嬪さま。刺繍は適当にいたしましょう」

「そうですわ。康嬪さまはいささか凝り性ですもの」

貴人たちが真顔で助言をしている。

「嫌よぉ。わたし、刺繍が大好きなの。織女さまにも見てほしいの！」

「お気持ちはわかりますけどっ！」

「鵲《かささぎ》の橋を渡ろうとする織女と牽牛《けんぎゅう》、それだけでなく空には満月、さらには飛び跳ねる兎《うさぎ》を添え、その上、織女たちを見守る西王母《せいおうぼ》さまを縫おうとか、よくばりが過ぎます！」

「そうですわ！　とても三日で仕上がる量ではありません！」

「あなた方が手伝ってくれているし、大丈夫よ～」

「無理なものは無理ですから！」

三人の貴人たちになだめられている姿を見れば、蘇康嬪が経費削減という目標を覚えているか怪しい。

「康嬪さま！　まずは経費削減を成功させて、皇上との晩膳《ゆうはん》――さらには侍寝の機会を得ましょう！」

「そうですわ、わたしたちも協力いたします！」

両側の貴人たちに言われても、蘇康嬪はあくびをしてから首を横に振った。

「わたし、それには興味がないのよね～。侍寝は別にしなくていいかなって」

「それこそ駄目ですよっ！　侍寝をして、皇上に目をかけていただかないと！」

「康嬪さまが気に入られないと、皇上がこの宮にお越しになりません。わたしたちがお目に留まる機会がなくな――とにかく、康嬪さま、やる気を出してくださいませ！」

重ねて言われて、蘇康嬪はまたもや愛らしく小首を傾げる。

「じゃあ、あの布を使って、わたしの衣裳を作る？」

「そうしましょう！　まずはきれいに着飾って、乞巧奠の宴《うたげ》で皇上の興味を惹《ひ》くようにいたしましょう！」

「そんな簡単に興味を惹けそうな気はしないけれど」

「いいえ、そんなことはありません！　他の方に目を向ければ、貴妃さまだけに侍寝させるようなこともなさらないはず……！」

「そう、わたくしたちもおこぼれをいただきた――いえ、康嬪さまの成功こそ、わたくしたちの望みです！」

貴人たちはバサバサと音を立てながら干していた布を取りこむ。

ここにいても邪魔になるだけだ。千花は康嬪に小さく手を振った。

「康嬪、がんばって」

「姐姐《おねえさま》、また遊びに来てくださいませ！」

蘇康嬪が無邪気に手を振る。

慶祥宮を出て、しばらく歩いてから、斜め後ろにいる詠恵に話しかける。

「平和ね」

「康嬪さまは、貴人さま方とも仲よくお過ごしのようです。心配なさることもないかと」

「うん」

蘇康嬪の宮は、食事も貴人たちを母屋《おもや》に集めて一緒にとっているほど仲睦《むつ》まじいという噂を聞いていたが、本当のようだ。

「さて、順ぐりに行きますか」

近くの宮から順番に視察に行くことにしたが、どんな対策をとるか考え中だという返答か、宮門を鎖《とざ》して千花の来訪を拒絶するかのどちらかだった。

（勇み足だったかな）

という反省を抱えたまま徐嫻嬪の宮・順貞宮《じゅんていきゅう》に辿《たど》りつく。

門をくぐると、出迎えた侍女が院子《なかにわ》へと案内してくれる。

母屋の脇を抜けて院子へ入ると、季節の花が植えられていたであろう場所に、徐嫻嬪が鍬《くわ》を打ちこんでいた。

徐嫻嬪は庶民《しょみん》のような短衫と褲《こ》を着て土を掘り起こしている。

同様の格好をしておそるおそる鍬を振るっているのは、同居している三人の婕妤だ。

「もっと腰を入れなさい」

徐嫻嬪が首にかけている手巾《しゅきん》で額の汗を拭きながら言う。

「で、でも、嫻嬪さま。この鍬が重くて」

「重い？　いつも持っている棍《こん》とたいして変わらないわ」

「明らかに重いですぅ」

とりわけ幼顔の婕妤が泣き言を言う。

だが、徐嫻嬪はまったく取り合わず、土へと鍬を振り下ろした。

「この作業を通じて、身体も鍛えられる。いざとなったら、皇上をお守りすることもできるようになるわ」

「わたくしたち、皇上をお守りするために入宮したわけではありません」

「そうですぅ。子どもを産むためですぅ」

もっともな反論に、千花の唇の端が引きつった。

笑ってはいけないのだが、ちぐはぐな意気ごみがおかしみを誘う。

「子どもを無事に産みたいなら、身体を鍛えておくにこしたことはないわ。安産を希望するなら、腰のあたりに筋肉をつけておくべきよ」

徐嫻嬪の助言に、面長の婕妤がやけっぱちのように土に鍬を入れた。

「わたくしたち、まだ子どもを作る作業に取りかかれていないのですよ！」

「その機会がいつ来るかわからないから、常在戦場の気持ちで身体を鍛えておくべきなのよ！」

「手が痛いですぅ」

「まだ鍛え方が足りない――」

そこで、徐嫻嬪は千花に気づいて訝しげな顔をした。

「貴妃さま」

「何をしているの？」

徐嫻嬪は婕妤や侍女たちに武芸の訓練を施しているのだと聞いている。なんでも、娘子《じょうし》軍をつくるほどの勢いらしい。

「野菜を植えようと思いまして」

「や、野菜？」

「皇上は質実剛健なお方。経費削減が一月で済むとは思えません。ここは長期と考えて、野菜でも育てておくべきかと考えています」

そっけない口調の徐嫻嬪に、千花は密かに感動をしていた。

（すごい……！）

それは千花も案じていたことだった。

水災の対応が一月で終わるはずもなく、おそらくはその先も内廷費二割削減は求められ続けるだろう。だから、短期の対応ばかりでなく長期でやるべきことを考えておく必要があると予想をしていたのだ。

「野菜を育てながら身体を鍛えれば、一石二鳥ですから」

徐嫻嬪はそう言うと、鍬を打ちこんだ。土を掘る姿が堂に入っていて、千花は感心する。

「それにしても、上手ね」

「実家でやっていましたので」

「護国公のお屋敷で？」

功臣の一族の屋敷で、お嬢さまが野菜を育てたりするのだろうか。

千花の質問に、徐嫻嬪は唇を噛んでから自嘲《じちょう》した。

「……ええ。必要なことでしたから」

徐嫻嬪は黙々と土に鍬を打ちこみだす。

千花のほうを見向きもしない様子に、なんとなく悟るものがあった。

（……相手はしないと言いたげね）

これ以上は話したくないと背中が語っている。

「お邪魔をしたわね。あまり無理をしないように」

千花の労《いたわ》りを聞き、婕妤のひとりがペコリと頭を下げた。

しかし、他の者たちは一心に土を掘りかえしている。

千花は順貞宮を出て、しばらく歩いたあと、横に並んだ詠恵に話しかける。

「ねえ、詠恵。嫻嬪は――」

「護国公府にお仕えしていた侍女がお母上と聞いております。庶人だったそうです」

「それで？」

千花が促《うなが》すと、詠恵は声を潜めて話を続ける。

「嫻嬪さまのお父上である先代護国公は人品すぐれたお方だったと聞いておりますが、早くに亡くなられて……。今、徐家でもっとも重んじられているのは、現当主の実母である先代護国公の正妻だそうです」

そこで詠恵は周囲を見て、ひとけのないことをしっかり確認してからささやいた。

「先代護国公の正妻は先々帝の皇女で、先帝の同母姉です。封号《ほうごう》を寿陽大長公主《じゅようだいちょうこうしゅ》さまとおっしゃいます」

大長公主は皇帝の伯母や叔母にあたる女性の封号だ。ちなみに、公主は皇帝の娘、長公主は皇帝の姉妹に与えられる封号である。

「大長公主さまかぁ」

千花は眉を寄せた。後宮で大切に育てられた公主たちは、よく言えば誇り高い――悪く言えば、尊大な性格になることが多いらしい。

「寿陽大長公主さまは、嫻嬪さまをあまり大切になさってはおられなかったようですわ」

「だいたい想像つくわね」

千花は頰に手を当ててため息をついた。

庶人である徐嫻嬪の母親が夫に気に入られたこと自体が、おもしろくないことだったろう。その果てに生まれた娘など、かわいがろうという気にならないのも理解はできる。

「嫻嬪は肩身の狭い思いをしてたんでしょうね」

母が侍女ならば、大長公主との身分の差は歴然としている。嫌がらせでも受けていたのかもしれない。

「……いい家の生まれでも、場合によっては不幸ね」

かえって庶民でよかったと思ってしまう千花だ。

「面倒ではありますわね。家族の間でも力関係がありますもの」

「なるほどね」

妻の身分差や実家の勢力が子どもにも跳ね返り、処遇に差がでる。子にとっては、つらいことに違いない。

「しかし、それもまた、それなりの家に生まれた者の宿命ですから」

詠恵が達観したようなまなざしで言う。

「ひもじい思いをしないだけマシとでも思わないとやっていけないわね」

千花はうんと伸びをした。重くなる空気を軽くするようにあっさりと告げる。

「じゃあ、最後に賢妃のところに行こうかしら」

「お供いたします」

韋賢妃の瑞煙宮《ずいえんきゅう》に行くと、宦官たちが西瓜を大量に運びこむところだった。

「どこから持ってきたの？」

質問に、宦官たちは曖昧《あいまい》な笑みを返してくる。

千花の来訪の知らせが届いたのか、瑞煙宮の母屋から韋賢妃があらわれた。彼女は千花の前にもったいぶって歩み寄り、万福礼をする。

「貴妃さまにご挨拶いたします」

「賢妃。この西瓜は何？」

何人もの宦官が丸々とした西瓜を運ぶ姿に、韋賢妃がつんと顎を反らした。

「信嬪が要らないと言うから、わたくしが預かることにしたのです」

「食べるんだ」

「預かっているだけです！」

「西瓜を預かってどうするの？」

「わたくしが食べるのです！」

真っ赤な顔になった韋賢妃に、千花は目を細めて笑った。

「西瓜はおいしいものね」

「ええ、西瓜はおいしいですし、信嬪は食べないと言いますから」

韋賢妃の答えに、千花は何度もうなずく。

「西瓜は、多少食べ過ぎても、問題ないわ」

「問題あるほど食べません！」

食いしん坊の韋賢妃と話していると、食のことだけを考えていればよかった厨師の修業時代を思いだす。肩の力が抜けて、笑みくずれるばかりだった。

乞巧奠の日になった。

千花は、起床後、湯浴みをしてから化粧をし、衣を着替える。

橙色《だいだい》の短衫と襞《ひだ》を細かく寄せた水色の裙には花の織文様が入り、さらに胸から上の部分に金糸で鸞鳥《らんちょう》の刺繍がされている。

髪は結い上げ、真珠や瑪瑙《めのう》、翡翠《ひすい》が連なる簪釵《しんさい》をいくつも飾る。耳には黄金を細かに細工した耳墜《イヤリング》が揺れ、腕には翡翠の腕輪をはめる。

皇帝が寵愛する貴妃の姿が完成したところで、芳華宮を出た。まずは御膳房に行き、夜の宴席の料理の下ごしらえを確認する。

それから、宮中の北西端にある乞巧奠の開催区画に向かった。外部の人間を一時的に入れて催《もよお》しをするときに使われる区画だ。

城外から水を引いてこしらえた人工の池のそばには戯楼《ぎろう》があった。中には、壁を取り払えば屋外からでも芝居が見られるようにしてある舞台があり、今日は昼過ぎから都で評判の才子佳人の芝居がかかる予定だ。

池の周りは遊歩道が巡っている。池の東側には広場があり、供え物を捧《ささ》げる祭壇を設け、星が高い位置で見られるように櫓《やぐら》を組んだ。

遊歩道沿いに屋台を設けるようにしたのは、初の試みだった。夏の麗州の城市《まち》に出ていた屋台を再現したのは、物珍しくて楽しめるのではないかと思ったためだ。ところどころに円卓と椅子を置き、散策に疲れたら茶や菓子を出す予定でもある。

不足がないか見回り、配置を担当した太監と話す。

丸っこい体型の太監は、まったく問題ないと言ってくれたが、不安は消えない。

(なんといっても、口うるさい皇族のみなさまが来るしね……)

粗相があったら、玄覇を責める口実にされるのではないかと心配なのだ。

(まあ、万が一のときは、わたしが矢面に立てばいいか)

それもまた、後宮を預かる寵姫の仕事だろう。

「時間になったら、祭壇にお供えをしておいてね」

「かしこまりました」

手を胸の前で重ねて頭を下げる太監にうなずき、その場を離れる。

いったん芳華宮に戻って化粧を直し、髪を整えた。包子をつまむ程度の簡単な昼食を済ませて、再び乞巧奠の場に向かう。

午後から夜までが乞巧奠を催す時間だ。宮中では、申《さる》の刻からはじまる。

まだ暑い刻限ながら、祭壇の前に妃嬪や皇族の妻子たちが集まっていた。男子禁制が後宮の原則であるため、皇族男子は夜の宴のときにしか出入りを許されない。今この場にいるのは、女だけである。

千花が祭壇の階の下にあらわれると、女たちが声を揃えて万福礼をする。

「貴妃さまに、ご挨拶いたします」

「楽になさって」

「ありがとうございます」

姿勢を正して千花を見る妃嬪たちは、宝玉と黄金の髪飾りや耳墜《イヤリング》を身につけ、それぞれ着飾ってあでやかだ。婕妤や貴人、皇族の妻子たちも色とりどりの衫裙を着て、華やかに装っている。

「みな、今日は楽しんでね」

「貴妃さまに感謝いたします」

祭壇には絹の布や糸が供えられ、衣桁には千花と皇太后が刺繍をした衫と裙が飾られている。

(皇太后さまがお越しにならないのは残念だわ)

よほどのことがなければ表には出ないというのが隠居した皇太后のありかたらしい。

妃嬪や皇族の妻子たちは、祭壇に自らが針を刺した刺繍を供えて裁縫の上達を祈る。それから、宦官や女官たちが番をしている催しに三々五々散っていく。

水を張った金盥《かなだらい》に針を浮かべ、できた影で運勢を占うのは一番人気の催しだ。娘たちが集まって、きゃあきゃあと笑っている。

女官が番をしている茶店は、多種多様なお茶を楽しめるように茶葉を十数種も取り揃えている。

若い宦官が番をしている屋台で提供するのは、緑豆の粉で作った涼粉《リャンフェン》だ。半透明のツルツルの麺《めん》に、酢や醤油《しょうゆ》、辣油《ラーゆ》を混ぜたタレをかけた涼粉は、喉越しのいい麺と酸味の効いたピリ辛の味わいが絶妙だ。

その隣で配っているのは、冰粉《ビンフェン》だった。オオセンナリの種を水の中で揉んで作る透明な果凍《ゼリー》に、黒蜜《みつ》や芝麻《ごま》、砕いた花生《ピーナッツ》、干し葡萄や山査子《さんざし》を入れた甜点《デザート》だ。細かくした氷も上に散っていて、口に入れれば芝麻や花生の香ばしい香りが鼻に抜け、黒蜜の甘みが舌にうれしい。多種多様な歯ごたえや喉越しが楽しめ、麗州では女子が群がる屋台だった。

「楽しそうね」

千花はほっとした。

後宮に閉じこめられて暮らす妃嬪たちにとって、季節ごとの催事はちょうどよい息抜きなのだ。

適当に見て回っていると、皇族の妻女らしき女性が近寄ってきた。

「貴妃さまにご挨拶いたします」

ふくふくしい丸顔の中年の夫人が愛想よく万福礼をした。付き従う十代半ばころの娘も勢いよく膝を曲げて礼をする。

間髪を容れず、詠恵が耳元でささやく。

「皇上の遠縁の禎郡王妃《ていぐんおうひ》とご息女の雨萱《うけん》さまですわ」

禎郡王妃が微笑みを浮かべながら切りだした。

「貴妃さまには、お初にお目にかかります」

「初めまして」

緊張を隠すためにも笑顔を保つと、禎郡王妃がやわらかく目を細めた。

「想像以上にお美しい方で、さっきから見とれておりましたの。さすが、皇上を射止めたお方だと」

「まあ、お褒めが過ぎますわ」

横に控える詠恵が手にしていた絹団扇を奪うと、口元を隠した。

（すっごい厚化粧ですね、と言いたくなったりはしないのかしら）

詠恵が技能と秘蔵の道具を駆使してこしらえた千花の顔は、化粧をとると誰かわからないくらいに変化している。

禎郡王妃のそばにいる雨萱が、無邪気に目を輝かせる。

「わたしも感激しております！　貴妃さまには、一度でいいから、お目にかかりたいと思っていたんです。市井では、皇上と貴妃さまの馴《な》れ初《そ》めが芝居になっていて大人気なんですよ！　わたしも片手の回数は観ました！」

「はいぃ？」

語尾が跳ねあがった。そんな話は聞いたことがない。

横にいる詠恵に視線を送ると、彼女は穏やかにうなずいた。

「噂は存じております」

「……教えてほしかったわ、その噂……」

千花は団扇の柄《え》をぎゅっと握った。どんな内容か気になって仕方ない。

「ここ最近、かかるようになった芝居だそうですわ」

詠恵の補足を聞き、千花は雨萱にたずねる。

「どんなお芝居なの？」

「貴妃さまにお伝えしていいものか……でも、言っちゃいますね。芝居は、麗州でのおふたりの馴れ初めからはじまるんです！　清明《せいめい》の折に、麗江《れいこう》の川べりで、皇上は対岸に美しい娘を見かけるんです。対岸にいるのは、もちろん貴妃さまですよ。娘は、というか、貴妃さまは、洗濯をしている間に雲雀《ひばり》のような声で歌いだして、皇上はその歌に聞きほれるんです！　皇上は思わず対岸から声をかけちゃうんですが、貴妃さまは恥ずかしがって逃げてしまう……皇上は、去っていく姿に、恋心を募らせちゃいます！」

雨萱は、母と似た丸い頬に手を当てて、羞恥《しゅうち》のあまりか身をよじる。千花は早くも聞いたことを後悔した。

（……どこまで現実とずれていくんだろう）

それを楽しみにするしかない。

「それで、皇上は貴妃さまを求めて麗州の城市中《まち》を探し回るんですが、なかなか見つからず……合間に、貴妃さまを思って唄うんですが、その歌がとっても切なくて、胸がきゅうっと締めつけられるんです！」

こんどは胸に両手を当てて、苦しげな顔をする。

千花は団扇を力いっぱいあおいで自分に風を送った。あまりにも実物と違いすぎて、口がむずむずする。

「その歌を聞いた男が――あ、この男はちょいちょい出てきて、ふたりをからかう道化役なんですけど、貴妃さまが金持ちのお坊ちゃんから無理やり結婚を迫られているって皇上に告げ口するんです！　それを聞いた皇上が金持ちのお坊ちゃんのところに飛んでいって、ド派手な立ち回りの末に貴妃さまを救出するんですよぉ！」

「……へぇー」

千花は引きつる頬を必死に撫《な》でながら、微笑みを保つ努力をした。もう相槌《あいづち》に力が入らない。

「で、皇上に愛を告白され、ふたりは洞房華燭《どうぼうかしょく》となるんですが、このとき、ふたりで唄う歌が本当にいいんです！　初恋の初々しさと、想いが伝わった幸福感がバッチリ伝わる歌で、もうこれは作曲した人間が天才としか言いようがないです！」

「なるほどー」

「ところが、ふたりにびっくりな知らせが届くんです！　そう！　皇太后さまからの、皇太子に指名するっていう知らせです！　それを聞いた貴妃さまは、身を引く決意をするわけです。田舎者のわたしが皇帝の妻にふさわしくないっていう嘆きを歌であらわすんですが、この歌が最高なんです！　切なさと悲しさがぐわーっと伝わってくるんですよぉ！　ここは見せ場で、観客も涙をさそわれちゃうんです……思いだしただけで、悲しくなっちゃう」

雨萱は目のふちを指でなぞる。さながら涙を拭《ぬぐ》うように。

「そうなんだー」

「で、貴妃さまがこっそり家を出たときに、あの金持ちの坊ちゃんがあらわれて、貴妃さまを誘拐《ゆうかい》するんですよっ！　それで、ちくちく嫌味を言うわけです！　田舎娘が皇帝の妻になどなれるわけがないだろうって。この敵役もなかなか声がいいんですよねー。歌を聞いてると、こっちでもいいんじゃないって思っちゃうくらいで」

「へぇ」

「でも、やっぱり皇上が最強って言いたくなるできごとが起こるんです！　その金持ちの坊ちゃんが貴妃さまをさらった山塞《さんさい》に、皇上が助けにあらわれるんですよー！　またここでも派手な立ち回りがあるんです！　この役者が立ち回りが得意で、本気でかっこいいんですよねぇ。見得を切るときがすっごいすてきで！」

雨萱は足を開き、両手をこぶしに握ると、右腕を曲げて頭上まであげ、左腕を曲げて肩の位置で水平にする姿勢をとった。立ち回りのあとの決めの場面をまねているのだろうが、きりっとした目元に役者の片鱗《へんりん》があらわれているようだ。

「雨萱さま、お上手だわ」

千花が手を叩けば、雨萱は照れくさそうにしながら姿勢を正した。

それからいっそう早口になる。

「これからが、最高の見せ場なんですよぉ！　皇上がお坊ちゃんを倒したあと、貴妃さまをぎゅうっと抱きしめるんです！　たとえ皇帝になろうとも、おまえ以上に心を寄せる女はいないって言いながら！　それが本当にすてきで、娘たちは興奮のあまり悲鳴をあげるし、奥さまたちも好《ハオ》と叫んで、劇場は割れんばかりの拍手で満たされる――！　とにかく、今、都で一番集客しているのが、そのお芝居であることにまちがいありません！」

「そうなんだー」

「貴妃さまにもお見せしたいくらいです！　貴妃さまをやっている女役が、男と思えないくらい美人なんですよぉ！　本物よりきれ……あ、いえ、人気の女役なんですけど、はまり役としか思えないです！　ところで、こんな感じだったんですか？　麗州を出立されるときは!?」

雨萱が目をバチッと開き、鼻息荒く質問する。

千花は喉の奥に言葉を詰まらせた。

(全然、違いますけどぉ――――!)

内心で絶叫する。

(教えてあげたいくらいだわ。黄波楼《こうはろう》で寵姫に雇われたときのこと……!)

玄覇は他の女と関わりたくないから、千花を表向きの寵姫として雇ったのだ。しかも、二年の期限つき。千花は年季奉公しているのと同じなのである。

(だけど、これは絶対の秘密……。子づくりする気がまったくないなんて、政敵の攻撃材料になっちゃうわよ)

玄覇が即位したのは、跡継ぎがいない先帝が突然崩御したあと、皇后――現皇太后が玄覇を皇太子に指名したからだ。

(貧乏皇族が皇帝になりあがるには、相応の理由があったんだから)

田舎の麗州に配されていた玄覇が皇帝になれたのは、有力な後継候補だった恭王と衛王が互いに譲らず、内乱になりかけたからである。皇太后にしてみれば内乱などもっての外《ほか》。おまけに恭王と衛王には実母がいて、ふたりのどちらかが皇帝になれば、後ろ盾のない皇太后は自分が殺されて、地位を奪われる危険すら考えられた。

だから、皇太后は、実父と実母がすでにない玄覇をあえて皇太子に指名したのだ。廃される恐れがないからである。

（だけど、世継ぎを儲《もう》ける気のない皇帝だと暴かれたら、皇太后さまだって敵になるかもしれない。なにより、恭王と衛王が知ったら、皇帝失格だと騒ぎだすはずよ）

そもそも、この後宮は恭王と衛王の息がかかった貴族の娘たちが入宮していて、刺客が潜んでいる可能性も否定できないのだ。千花が寵姫として存在しているのは、あらゆる攻撃の矛《ほこ》先を向けさせるためである。

「貴妃さま？」

雨萱の無邪気なまなざしがつらい。

千花は絹団扇で口元を覆《おお》って、目元を細めた。

「えーと、そうね。そこまで劇的ではないけど、互いに思いを伝えあった瞬間は確かにあった気がするわ」

「本当ですか!?」

雨萱が頰を上気させる。

「いったい、どんなふうに？　こう……やっぱり身分違いだからと貴妃さまが身を引こうとして、それを皇上がぎゅうっと抱きしめてそんなことはない！　とか言ったりして、余人が見ちゃいられないような瞬間があったのですか!?」

雨萱がぐいっと近寄ってくる。

「まあ、よしなさい」

禎郡王妃が遅まきながら娘をたしなめる。

「お母さまだって気になるでしょう？　お芝居、わたしよりも観に行ってるんですからぁ」

「そうだけど」

ふたりが目を爛々と輝かせている。

千花は圧倒され、小さく息を吸った。

「ま、まあ、そんなときもあったかな？　こう……こう……がばっと抱きしめて、絶対に離さないと言っていたような、なかったような」

「まあ、やっぱり！」

禎郡王妃が感激したように胸を押さえる。

「く、くちづけなんかもなさったのでしょうか!?　勢いにまかせて！」

雨萱が両頬に手を当てて、期待でいっぱいの目をしている。

千花は焦った。

「し、したかもしれないわ！　その……じょ、情熱的に！」

「いやぁー、すてきぃー！」

雨萱の悲鳴があがったときである。

彼女の背後——池を巡る遊歩道に美々しい衣の一団があらわれた。

先頭を歩く派手な衣を着た数人の後ろに、侍女が十人ほど従っている。

「ああ、いやだいやだ。どこもかしこも、鄙《ひな》の臭いがするわ」

紫の衫と青の裙の女が気怠《けだる》そうに言えば、すぐそばにいる緑の衫裙の女がうなずいている。

「姐姐《おねえさま》のおっしゃるとおりですわ！　それもこれも、この乞巧奠を田舎者が主催するせいに違いありません」

千花がいるのを知っているのかいないのか、ふたりの罵言《ばげん》は続く。

「庶人が営む屋台まがいのものなど持ちこんで……なんて、卑《いや》しいのかしら。こんなにみっともない乞巧奠は、見たことがないわ」

「姐姐のお嘆きはごもっともです。後宮から礼節の香りが絶えてしまったのは、庶民の女が図々しくも居座っているせいですわ」

紫の衫を着た女の言葉に緑の衫裙の女が同意すれば、侍女たちから口々に同意の声があがった。

「大長公主さまのおっしゃるとおりですわ！」

「まったく正しいご指摘ですわ！」

雨萱が千花の隣に並んで、おびえた表情でささやく。

「紫の衣の方が寿陽大長公主さまですわ。緑の方が長泰《ちょうたい》大長公主さまです」

「ありがとう」

千花はうなずいた。

(長泰大長公主さまは、確か僖嬪の母親ね)

張僖嬪が長泰大長公主と腕を組んで歩いていることからも明らかだ。

その張僖嬪は、ちらりとこちらを見てから長泰大長公主に話しかけた。

「お母さま、皇上をたしなめてくださいな。あんな田舎者をいつまでもおそばに侍《はべ》らせるのはやめてくださいなって」

「本当にねぇ。使い古しの女をいつまでも後生大事にして……。捨ててくればよかったのよ、麗州に」

長泰大長公主が憎々しげに言い放つ。

「物持ちがいいのも考えものですわ。きっと、皇上は貧しい暮らしをしていたから、古着のような女でも捨てられないいんです」

プリプリと怒る張僖嬪の発言を聞き、小馬鹿《ばか》にしたように笑いだしたのが、寿陽大長公主だ。

「僖嬪。あなたは宗室の血を引く娘でしょう? 高貴な娘でありながら、皇上の気も引けないなんて、情けないこと」

「それを言うなら、嫻嬪だって同じです! 一度も皇上に呼ばれたことがないんですよ。

おまけに、貴妃さまが経費削減したら皇上と一夜を過ごせるという挑発に乗って、院子《なかにわ》を畑に変える始末。情けないったら」

それを聞いて、大長公主に従う女の群れの中から徐嫻嬪が飛びだした。大長公主たちの前に膝をつき、まっすぐ見あげる。

「大長公主さま。わたしは徐家のために行動しております」

寿陽大長公主は団扇の先で徐嫻嬪の顎を持ちあげた。

「おまえときたら、貴妃の田舎流儀に染まったようね。まあ、おまえは卑しい庶人の娘。身体の中には貴妃と同じ得体の知れない血が流れているもの。慣れ親しむのも当然かしら」

露骨な侮蔑《ぶべつ》に、千花は団扇の柄を強く握る。

（なんて言いぐさよ）

徐嫻嬪は、母がどうあれ徐家の娘だ。彼女自身は徐家を背負って入宮しているつもりのはずだ。

「おまえは本当に不出来な娘だもの。まったく期待していないわ。わたくしの娘の碧珞《へきらく》は、衛王殿下に嫁いで王妃として大切に遇されているというのに、おまえは皇上のお心を捉《とら》えるどころか、おそばにも寄らせてもらえない。どうしようもないわね」

寿陽大長公主は絹団扇で彼女の頭をポンポンと叩いている。

女たちから嘲笑がわきおこった。

「……必ず皇上と一夜を過ごすとお誓いします」

徐嫻嬪の言葉に、寿陽大長公主は高笑いをした。

「ああ、おかしい。卑しい女たちが皇帝を取りあうさまを眺める羽目になるなんてねぇ。わたくしが後宮にいたころは、もっと雅《みやび》やかだったものよ。妃嬪たちは高貴な生まれの者たちだけで、乞巧奠も詩や詞《ツー》を詠《よ》みあう優雅なものでした。あんな屋台まがいのものを出したりしていなかったわ。なんて嘆かわしいこと。下賤の女が牛耳《ぎゅうじ》る後宮にいるおまえも、同じ種類の人間よ。わたくしに何を誓えるというの！」

侍女のひとりが群れから飛びだして、寿陽大長公主の前に立ちはだかった。

徐嫻嬪の侍女なのか、彼女は手を広げて主をかばう。

「だ、大長公主さま！　嫻嬪さまは徐家のために、日々努力をしております！　徐家の名をさらに高めるために――」

寿陽大長公主が絹団扇で侍女の横っ面をはたいた。

「……誰に向かって口をきいているつもりなの」

侍女があわてて主の隣にひざまずくと、寿陽大長公主は徐嫻嬪に命じた。

「侍女の教育がなっていないようね。琳瑾、おまえがこの娘を殴りなさい」

嫻嬪はあっけにとられた顔をしたあと、唇を嚙みしめた。

「……できません」

「わたくしの命令に従わないつもりなの？」

圧迫を受けても、徐嫻嬪は背を伸ばして言い切った。

「侍女の代わりに、わたしを教育してくださいませ」

千花は団扇の柄をぎゅっと握ると、大きく足を踏みだした。

面食らっている雨萱を置き去りにして、大長公主たちに向かって歩きだす。

詠恵が静かに寄り添いつつささやく。

「貴妃さま。面倒は避けるべきですわ」

「わたしは正一品。大長公主さまも正一品よ。喧嘩《けんか》なら、同格同士でやるべきだわ」

嫻嬪は一方的に痛めつけられている。ならば、後宮の庇護《ひご》者である千花が助けるべきだ。

千花がまっすぐに歩いてくることに気づいた張僖嬪が、あわてて長泰大長公主に話しかけている。長泰大長公主の非難の視線に気づかないフリをして、千花は徐嫻嬪に並び、万福礼をした。

「寿陽大長公主さまと長泰大長公主さまにご挨拶いたします」

「貴妃さま、何をしに来られたのですか？」

張僖嬪が丸い頬を引きつらせて質問する。

「遠目に嫻嬪たちが膝をついているのが見えたので、何か問題があったのかと心配になりまして」

礼の姿勢を解いてから、寿陽大長公主を見据える。

寿陽大長公主は四十も後半になるらしい。下がり気味の目尻はやさしげだが、表情は冷酷だ。

「……嫻嬪がひざまずいているのは、徐家に関わること。そなたには関係ないわ」

寿陽大長公主は口元を絹団扇で隠し、顔を逸らす。

千花は口角を大きく持ちあげ、寿陽大長公主をしっかりと見つめ、周囲にも言い聞かせるようにはっきりと言い放つ。

「ここが徐家でしたら、そのご意見に同意いたします。ですが、ここは後宮。くわえて、嫻嬪は妃嬪です。もしも嫻嬪に非があり、罰する必要があるというなら、それを決めるのは、後宮の監督者たるわたしです」

張儐嬪や長泰大長公主はぎょっとしたように目を瞠り、寿陽大長公主は千花に顔を向けた。

彼女の頬はぴくぴくと引きつり、眉が吊りあがっている。

「……なんですって」

「というわけで、嫻嬪が何をしたかを調べ、どう罰するかは、わたしが決めます。嫻嬪、立ちなさい」

千花が斜め下に視線を落とすと、徐嫻嬪が驚愕《きょうがく》の顔を向けた。

「貴妃さま、わたしは――」

「立ちなさい。これは命令です」

断固として言うと、徐嫻嬪がようやく立ちあがる。

徐嫻嬪は隣にいる侍女に手を貸して立たせてやった。涙ぐんだ侍女と、不安げな嫻嬪を一瞥《いちべつ》してから、寿陽大長公主に向き直った。

寿陽大長公主は絹団扇で鼻から下を隠しているが、まなざしに宿した憎悪を隠すつもりはないようだ。

（これで寿陽大長公主の狙いはわたしになった）

矛先は千花だけに向けられるはずだ。

「失礼いたしました。大長公主さまにご挨拶が遅れたうえに、後宮の管理が行き届かず」

再度膝を曲げて礼をすると、彼女の目が三日月の形になった。侮蔑をあらわにして低く笑う。

「本当にねぇ。飾りつけは去年の使いまわしだし、あの屋台まがいのものは何？　みすぼらしいことこの上ないわ。あんなものに集まるなんて、この後宮は妃嬪たちに食べさせていないのかしら」

長泰大長公主が嘲笑を漏らした。

「姐姐《おねえさま》のおっしゃるとおりですわ。出された茶菓子も、貧乏くさくてたまりませんでしたもの」

「お母さまぁ、あんまり本当のことをおっしゃらないでくださいな。貴妃さまが傷ついてしまいます」

そう言いながら、張信嬪は丸顔をうれしそうに上気させている。

千花は三人を見比べてから、ゆったりと微笑んだ。

「あの屋台は、麗州の屋台を模したものです。わたしと皇上もよく足を向けていたものですわ。わたし、冰粉《ビンフェン》がとても好きなんですよ。それを知った皇上が、オオセンナリの種を集めてくださったりして……。あら、いやだ。つまらない思い出話を聞かせてしまいました」

絹団扇で恥ずかしげに口元を隠すと、張信嬪が怒りのせいか顔を歪《ゆが》めた。

「……貴妃さまは、思い出の場所を再現して自慢なさっているのかしら」

「自慢じゃありません。後宮の中にいたら、変化もなくつまらないでしょう？　だから、市井の楽しみを取り入れてみたんです。夏のひととき、息抜きをしてもらいたくて」

にっこり笑ってやると、三人の高貴な女たちが双眸《そうぼう》に怒りを宿した。

「貧乏くさい乞巧奠を主催しておきながら、ずいぶんと自信たっぷりだこと」

寿陽大長公主が吐き捨てる。

千花は笑みを消して、真顔をつくった。

「今回の催しは、確かに例年よりお金をかけておりません。金州の水災対策のため、皇上からはできるだけ経費を抑えるようにとのご下命を賜りましたから」

「金州の水災などいつものこと。天地がひっくりかえったわけでもあるまいし、大騒ぎするほどではないわ」

寿陽大長公主の発言に、周囲から追従笑いが起こる。

千花は密かに息を吸って、怒りを抑えた。

(高貴な方々は、金州の民の痛みがわからない)

だからこそ、そこに思いをはせられる玄覇を助ける意味がある。

「皇上は、常日頃から、政《まつりごと》をするときに第一に考えるべきは民のことだとおっしゃいます。そのために、自ら指揮をとって金州のために働いていらっしゃるのです。それを皇帝を――いえ、宗室をお支えするべき大長公主さまがおわかりになっていらっしゃらないとは、どういうことなのでしょうか」

千花の直言に、寿陽大長公主が眉を大きく跳ねあげた。

「もう一度お言い」

「大長公主さまは、皇帝をお支えするお気持ちがないのかと申しあげております」

「……下賤の分際で、貴妃になったからといって対等になったつもりなの⁉」

寿陽大長公主は背後にいる侍女たちを振り返った。

「誰か、この女を殴りなさい！」

長泰大長公主がぎょっとして寿陽大長公主の腕を摑《つか》む。

「姐姐《おねえさま》、こんな女でも、皇上の寵姫です。それをぶつなんてことは――」

「お黙り！」

寿陽大長公主が勢いよく腕を振り払う。

よろめく長泰大長公主を張信嬪があわてて支える。

「たかが恵嬪の娘の分際で、皇后の娘であるわたくしに意見をするつもりなの!?」

寿陽大長公主は絹団扇の先端を長泰大長公主に突きつける。長泰大長公主が蒼白《そうはく》になって唇を震わせた。

「姐姐、そんな……」

「わたくしは嫡出《ちやくしゆつ》の皇女。おまえは庶出の皇女よ！　同じ公主といっても、おまえとわたくしの差は天地ほども開いている。それがわからないとでも言うの!?」

「ち、違います、そういう意味では……。ただ、貴妃は皇上の寵姫です。手を出したら、責められるのは姐姐ですわ」

「そこの貴妃は元は下賤な庶民よ。思いあがった女は折檻《せっかん》して、身の程をわからせる必要があるわ。誰か、この女を殴りなさい！」

寿陽大長公主の命令を聞いても、侍女たちは下を向いて立ちすくんでいる。命令に従って、殴ったあとの千花の報復が恐ろしいのだろう。

千花は絹団扇を詠恵に預け、その場に膝をつくと寿陽大長公主を見あげた。

「大長公主さまにご理解いただきたいあまりに、さしでがましい発言をしてしまいました。罰として、どうぞ一発ぶん殴ってくださいませ」

腹の前で手を組んで澄ました顔をする。

寿陽大長公主は金切り声をあげた。

「この生意気な女を殴れと言っているのよ!? 殴らないなら、おまえたちの首を全員刎《は》ねるわよ!?」

やけになったとしか思えない命令に、とうとう一番若い娘が大長公主の前に出てきた。

「この女の頬を殴るのよ！　力いっぱい殴りなさい！」

「は、はい……」

千花の前に立った若い娘は怯《おび》えた顔をしている。

殴る側なのに、今まさに主に殴打されたように涙目だ。

（……かわいそうなことしちゃった）

あとで、お詫《わ》びをしなければならない。

侍女は千花の前に立つと、腕を振り上げた。

「殴りやすいように目を閉じておきます。遠慮なく一発殴ってくださいませ」

千花は瞼《まぶた》を下ろした。

そうすると、自分の心臓の音がどくどくと鳴っているのがわかる。緊張を抑えるべく、腹に力を入れた。

（さあ、こい！）

手を抜けば、侍女が寿陽大長公主に叱責されるだろう。巻き添えを食っているだけなのだから、侍女は被害者なのだ。

弱い風が首筋を撫で、蟬《せみ》の鳴き声がとたんに大きく耳に届く。

一向に殴られないので、千花は右目を開いた。

「寿陽大長公主。余の貴妃が何かしましたか？」

皇帝の証たる明黄色の龍袍を着た玄覇が、侍女の背後から腕を摑んでいる。

侍女は今にも倒れそうに顔色を失い、玄覇と並んでいる寿陽大長公主は唇の端を引きつらせた。

左目も開くと、寿陽大長公主以外の女たちは、嵐にあった稲穂のように平伏している。

玄覇と寿陽大長公主以外で立っているのは、玄覇の背後に退屈そうに佇《たたず》んでいる無忌だけだ。

玄覇が侍女の腕を放すや、彼女はよろめきながら退《しりぞ》き、地面に這《は》いつくばった。

「……貴妃は、わたくしに無礼を申しました。ですから、罰を与えようとしたまでのこと」

寿陽大長公主が絹団扇で口元を隠し、素知らぬふうに言う。

玄覇は千花の前に進むと、手を差しだした。

「貴妃よ、立て」

「は、はい」

玄覇の手に己の手を重ね、彼に引っ張られるようにして立つ。

しかし、玄覇の力が強く、彼の胸に飛びこんでしまう。顔面が彼の胸のあたりに激突し、まぬけすぎて動けない。

（いい匂いがする……）

白檀《びゃくだん》の香りだろうか。一瞬、気が抜けてしまった。

玄覇は千花をいったん抱きしめてから、横に並んだ。腰に回された手が気になるが、振り払うことなどできるはずがない。

（演技がうまい……というか、うまくなった？）

大長公主たちに見せつけるためだろうが、呼吸をするような自然な所作に、内心で舌を巻く。

「貴妃よ、寿陽大長公主に何を言った？」

斜めに見下ろしてくる玄覇の目が冷たい。

（これは怒ってるわー……）

おそらく千花に対して。決して寿陽大長公主に対してではない。

「貴妃は、皇族として皇上をお支えする気がないのかとわたくしに暴言を吐いたのですわ！　皇女として先帝、先々帝をお支えしたわたくしに対して、礼を失した発言です！」

千花が口を開く前に大長公主が答えてくれた。自己弁護だが、ある程度の説明は省けたからありがたい。

「大長公主さまに乞巧奠の不備を指摘され、金州の水災対応にお金を回すために節約したと説明したのです。しかし、大長公主さまがご納得されないようなので、皇上をお支えする気がないのかとつい口が滑ってしまって」

千花がしおらしく続けると、玄覇のまなざしがさらに冷えた。

「……貴妃の発言が、いささか敬意を欠いているのは確かだが、余が貴妃に命じた内容を告げたまでのこと」

それから、玄覇は寿陽大長公主をまっすぐ見据える。皇帝の視線の鋭さを避けるように、寿陽大長公主はうつむいた。

「貴妃の軽率な点は余が注意をする――それでよろしいだろうか、大長公主」

寿陽大長公主は、一瞬、千花を睨んだ。

両目に浮かぶ怒気のすさまじさに、寒気さえする。

「……皇上のご配慮に感謝いたします」

屈辱《くつじょく》に顔を歪めながら寿陽大長公主は謝礼を述べる。

「みな、立て」

玄覇の命令に、全員が立ちあがって声を揃える。

「皇上のご寛恕《かんじょ》に感謝いたします」

「貴妃よ、行くぞ」

「はい」

玄覇に促され、身を翻して歩きだす。

千花の背後にいた徐婀嬪の横を通るとき、彼女がこちらを見た。

いつも覇気のあるまなざしをしているのに、迷うように視線をさまよわせたあと、目を伏せる。

（大丈夫かしら……）

心配が募るけれど、玄覇が躊躇《ちゅうちょ》もなく通りすぎるので、ついていくしかない。

遊歩道を歩き、ひとけのないところに至るや玄覇が立ち止まった。千花の腰から手を離して、正面に立つ。

「どうしてあなった？」

圧のある態度に、千花は唇の端を引きつらせた。

「どうしてと言われても――」

「おそれながら申しあげます。嫻嬪さまをお助けするために、貴妃さまは割って入られたのですわ」

千花の傍《かたわ》らに寄り添った詠恵が答えてくれる。

「嫻嬪を助けるため？」

怪訝そうにする玄覇に、詠恵が一連の流れを説明してくれる。

玄覇の眉間に深い皺がきざまれた。

「しなくていい喧嘩を売ったわけか」

「嫻嬪を助けるためです。仕方ありません」

千花の反論に玄覇が腕を組んだ。

「徐家のことに口を挟む必要など、なかったはずだ」

「そんなことはありません。あのとき、嫻嬪を助けられたのは、後宮監督者のわたしだけだったんですから。だったら、わたしが助けるべきです！」

千花の主張に、玄覇の背後に陣取った無忌が頭の後ろで両手を組んで口笛を吹いた。

「でも、わたしを殴れは、やばいっすよ。本当に殴られてたら、大ごとだったっす」

「丸く収まると思ったんだけどな」

「貴妃さまの丸く収まるの範囲、広すぎるっす」

「あの大長公主どもなどは、文句をつけることしかできない奴らだ。相手にして、無駄な恨みを買う必要はない」

玄覇の主張に、千花は頰をふくらませた。

「皇上は絶対の存在だから、そう言えるんですよ。嫺嬪にとっては、寿陽大長公主は皇上みたいな地位の人です。わたしが助けなかったら、いったい誰が助けるんですか？」

まっこうからの反論に、玄覇が困った顔をして詠恵を見る。彼女はほんわかとした微笑を浮かべて、とりなした。

「寿陽大長公主さまも、今後は貴妃さまと関わろうとはなさらないでしょう。面倒な人間だと判断されたと思いますから」

「おまえの言うとおりになればいいが」

玄覇が腕をほどき、こめかみを指で押さえた。

「宗室の者など使えない奴らばかりだ。必要以上に関わらなくていい」

「皇上にとっては親戚でしょう？」

「命を狙ってくる親戚がいるんだぞ。ありがたくもない」

玄覇が吐き捨てるのも、もっともだった。

皇帝にとって、皇族は味方であり、また厄介《やっかい》な敵になりうる存在だった。皇位に近くて野心がある男は、ときとして皇帝にとって代わろうと企《たくら》む。女は無力かといえば、夫や息子の力を利用して勢力争いに参加してくるらしい。

「とにかく、今日は俺のそばから離れるな。また厄介ごとを引き寄せられたら困る」

「……わかりました」

思わず唇を尖らせてしまう。せっかくの乞巧奠なのに、ずっと玄覇のそばではいつもと変わらない。

無忌が呆れたように指さしてきた。

「その不満そうな顔、寵姫のする顔じゃないっす」

「わかってます。にこにこします」

口の端を両方引っ張って無理に笑顔を作ってみせれば、玄覇がげんなり顔をする。

「……もう行くぞ」

疲れたように背を丸くして歩きだす玄覇の腕に、寵姫らしく己の腕をからめて歩きだす。

「皇上、冰粉《ビンフェン》を食べに行きましょうよ」

「俺は食べない」

つれない返事に、またもや頰をふくらませる千花だった。


夜になった。

夜空にはいくつもの星が瞬き、織女と牽牛が無事に銀漢《ぎんかん》を渡れるであろうと地上の人々が空を見あげる刻限に、宴が開催された。

戯楼の近くにある鳳翔宮《ほうしょうきゅう》の大広間が宴の場だ。

いくつもの卓と椅子が並び、皇族の中でも上位の者たちが席についている。

正面の一段高い席に座るのは玄覇だ。千花たち妃嬪は広間の東側に、皇族は広間の西側に分かれ、並べられた席に序列に則って座る。

玄覇の正面には長方形の卓が置かれ、献上品が並べられていた。折りたたまれた絹に、季節を先取りした葡萄の房、小山に盛られた花椒《かしょう》や陳皮《ちんぴ》、燕窩《つばめのす》や魚翅《ふかひれ》、花の形をした茶など様々だ。

『食べ物が多いのは、貴妃さまが厨師だからだそうですよ』

と会場を下見したときに詠恵が教えてくれた。

広間の中央は開けられているのだが、これは民間の舞姫に舞わせるためである。昔は宮廷付属の教坊があり、宮妓《きゅうぎ》が所属していたが、嘉王朝になってから廃止されたのだ。

酒が配られてから、優雅に立ちあがったのは、皇族の席の最前列に座る美丈夫だ。

「今宵《こよい》の宴にお招きいただき、感謝いたします。皇上の御代が幾久しく続くよう祈念いたします」

よく通る声は周囲の耳目《じもく》を集める効果があった。

（あれが恭王・周蒼宇《そうう》）

細身の青年は翼善冠《よくぜんかん》をかぶり、胸と背や両肩の部分に蟠龍の刺繍がされた紅《あか》の袍を着ている。眉目秀麗といっていい顔立ちだが、目尻の垂れた目元には退廃的な色香を宿し、くちづけを誘うような朱唇《しゅしん》が印象的だ。

(先々帝と魏《ぎ》宸妃の間に生まれた皇子が父親なのよね)

魏宸妃は先々帝の寵姫だったそうで、ふたりの皇子とひとりの皇女を産んだ。

下の皇子は恭王に封じられ、西方に封土を授かった。西方には沙漠が広がり、交易都市が数珠《じゅず》のように連なっている。そのため、辺境守備の名目で軍を率いる権利を与えられ、それが恭王の勢力の源になっていたが、そっくりそのまま息子である蒼宇が受け継いだ。

恭王が座るや、隣の席にいる皇族が立ちあがった。

「今日の宴を借り、周嘉の御代がとこしえに続くようお祈り申しあげる」

ぶっきらぼうに言うのが、衛王だ。

衛王・周朱琰《しゅえん》は恭王とは似ても似つかぬ容貌だった。日に焼けた右頰には斜めに傷が走り、筋骨隆々とした肉体には力がみなぎっている。

(こっちの父親は魏宸妃の上の皇子だっけ)

上の皇子は衛王に封じられ、南方に封土を授かった。こちらも異国との国境線が広がっているために嘉国防衛の軍を預かっていて、これを朱琰が継いでいる。

蒼宇も朱琰も直属の軍を有し、皇族の中では優勢だった。実子のない先帝の後継候補であったが、ふたりに何と迫られても、先帝は皇太子に指名しなかった。

『先帝は皇后の息子だったが、魏宸妃が先々帝に自分の息子を皇太子にしてくれとねだっていたせいで、危うく廃されるところだった。そのため、恭王と衛王を蛇蝎《だかつ》のように嫌っていたんだ』

と玄覇が説明してくれた。

恭王と衛王の父親は同母の兄弟だから、かなり近い従兄弟《いとこ》なのだが、なんせ父親同士も不仲だったらしく、その関係性をしっかり受け継いでいる。ふたりが後継争いに際してまったく譲らなかったのも、当然といえば当然なのだ。

（そもそも、先々帝の兄弟ってめちゃくちゃ仲が悪かったらしいもの。ろくな一族じゃないわ）

互いに謀略《ぼうりゃく》を仕かけあい、死人も複数出たのだとか。

玄覇の父親はまともな人間だったようだが、だからこそ先帝に諫言《かんげん》しては嫌われていたらしい。

（……そういえば、皇上の母親は魏宸妃の姪《めい》だったらしいけど、あんまり教えてくれなかったな）

実の父母にまつわることになると、玄覇の口数は極端に減ってしまう。

ともあれ、千花が知っているのは、母の実家である魏家に、玄覇はすこぶる冷淡だという事実だ。

嘉国内は四十州あり、五州をまとめて路《ろ》という単位にし、路に総督を置いて、地方を管《かん》轄《かつ》させている。魏家は先帝に嫌われて、中央の官から追放されて北東路の総督に任じられているのだが、中央の役職に就きたいという当主の嘆願を、玄覇はいっさい取りあわないのだ。

『魏家の当主は無能の極みだ。中央に戻せるか』

と玄覇は罵《ののし》っていたが、詠恵はこっそりと首を傾げていた。

『父親の親類が当てにならないとき、母方の親族を頼るのは定石なのですけれど』

ともあれ、父母に何かしこりを感じているのだとはなんとなく想像できる。

玄覇の様子を窺《うかが》うが、彼は無表情のまま盃《さかずき》を掲げた。

「ここに集った者たちならば承知しているだろうが、先日金州で水災があり、民は苦しんでいる。皇族諸兄は民の辛苦を思い、協力してほしい」

玄覇の言葉を聞くや、皇族たちが声を揃えて皇帝に従う旨《むね》を誓う。

しかし、千花の対面にいる恭王と衛王は白けた顔をしていた。

(皇上が邪魔な人たちだもんな)

ふたりは、玄覇の失政を誰よりも望んでいるはずだ。

挨拶が終われば、琵琶《びわ》や琴瑟《きんしつ》の音が流れだし、料理が運ばれてくる。

濁《にご》りのない白磁の皿に盛られている前菜は、龍の形に切られた黄瓜《きゅうり》だ。龍が狙う月は、芝麻をつけて揚げた海老《えび》団子である。続けて運ばれたのは、大ぶりの煮鮑《にあわび》に南方から献上されたジュンサイを使った湯《スープ》だ。

ジュンサイは若い芽のまわりを透明な粘液が取り巻いている水草で、つるりとした喉越しが特徴だ。淡白なジュンサイとあっさりとした味つけの湯は上品な味わいだ。

広間の中央に進みでた十人の舞姫たちが、白い水袖を翻しながら舞いだした。

華やかな衣を着た舞姫たちの旋舞に、酔いも回ってしまいそうだ。

あまりガツガツ食べるとみっともないと詠恵に忠告されていたから、箸《はし》をゆっくり進めながら、玄覇と舞姫を見比べる。

舞姫たちはここぞとばかりに秋波《しゅうは》を送っているのだが、退屈そうに酒をちびちび飲んでいる玄覇は完全無視である。

（前から三番目の娘《こ》なんか、すごい美人なんだけどな）

額に花鈿《かでん》をつけた細面の舞姫はきびきびと踊りながら流し目を送っているが、玄覇が相手では木石に色目を使っているのと同じだ。

（うーん、これはどうしたら……）

辞める前には後任を探し、安心して後宮を去るのが希望なのだが、玄覇にまったくやる気がないのである。

（男色というわけではないのよね）

玄覇の背後に立つ無忌を見つめる。

宴の警護は禁軍がしているが、玄覇を護衛する役目は絶対に譲らないと無忌は主張した。

熱烈に玄覇を慕う無忌を、かつては男色の相方かと思ったこともあった。

しかし、麗州で恋人のフリを頼まれたあとにたずねたが、無忌はにべもない返事だった。

『王爺に尻の穴を貸せって言われたら喜んで貸すけど、そんなことは一回もないっす』

つまり、玄覇がどんな種類の人間だったら好むのか、千花はわからないままなのだ。

楽の音がゆったりとしたものに変わり、舞姫たちが潮のように引いていく。

牛肉の炒《いた》めものが配られる間に、若い男が手押し車を押して入室してきた。

手押し車には、蓋をのせた大きな皿が載せられている。

若い男は、曳撒を着ている。銀糸で饕餮《とうてつ》の刺繍がされた大胆《だいたん》な衣だ。男は献上品の前に車を止めると、両手を顔の前に重ねて揖礼《ゆうれい》をした。

「常王《じようおう》殿下からの献上品です」

広間の端に控えている宦官が告げるや、ざわめきが波のように広がる。

背後に控える詠恵を振り返ると、彼女は一歩前に出て千花にささやいた。

「常王殿下は先帝の兄君に当たる方ですが、肺を患《わずら》い、安平から離れた山中で養生されていらっしゃいます」

「宴の招待状を送ったかしら」

皇族は都にいるだけでゆうに百を超える。出したかどうか、自信がない。

「念のために送付いたしました」

「かえって気を遣わせちゃったわね」

とはいっても、出さないというのも失礼だっただろう。

「常王は何を贈ってきた？」

玄覇の下問に、常王の使者である男は深く揖礼をしたまま答えた。

「おそれながらお答えいたします。鯉魚《りぎょ》でございます」

使者が蓋をとると、黄金色の鯉魚があらわれた。

二尺はあるのではないかと思われるほどの幅と肉厚の立派すぎる鯉《こい》である。

「これほど見事な鯉はめったに手に入らないため、ぜひとも皇上に献上したいという常王殿下のお心遣いです」

「鯉は龍になるといわれる縁起のいい魚です。闘病生活の中、ここまで気を回されるとは」

恭王が感心したように言えば、衛王が同意する。

「皇上から直接お言葉を賜れば、常王殿下も喜ぶに違いない」

玄覇はふたりを見比べてから、立ちあがった。

「常王へ礼を――」

玄覇の声が不自然に途切れたのは、千花が鯉魚に近づいていくからだろう。

（魚、しばらく食べてない）

魚は比較的高価な食材だから、節約のために控えているのだ。

「……おいしそうね……」

使者がぎょっとした顔で千花を凝視する。

千花は彼をちらっと見たが、鯉のほうに断然惹かれていた。

「貴妃よ。席につけ」

玄覇が渋い顔をして言うが、千花はそれを無視して鯉を観察する。

鯉魚は肝《かん》の病に効果があり、乳の出をよくするともいわれる滋養のある食材だ。はちきれんばかりの身の厚さと、先ほどまで生きていたかのような澄んだ目に感心する。

「すごく新鮮ね」

千花の感想に、使者が戸惑った顔でうなずいた。

「……生きたまま都に運びましたので」

「なるほど……肉に弾力があって、食べごたえがありそう」

魚の表面を軽く指で押しながら、うなずく。鯉魚は艶々《つやつや》としており、水に入れたら再び泳ぎだしそうだ。

しかし、鰓《えら》の中に鰓葉《さいよう》が残っている。下処理が足りない。

「誰か鋏《はさみ》を持ってきて」

千花が命令すると、広間の外から宦官があわてて走ってきた。千花の前に膝をつき、鋏を差しだす。

「ありがとう」

千花は鰓葉を引っ張って鋏で切り落とす。

「細かいけど、こういう処理をきちんとしておくのは大切よ」

千花が魚をひっくり返そうとすると、使者があわてた。

「貴妃さま、そちらは処理いたします」

「では、まかせるわ。ところで、お腹はちゃんと出したの？」

鰓の処理が中途半端なら、内臓もきちんと除去していない可能性がある。

腹の端を持ちあげて中を覗こうとしたときだった。

いきなり首に左腕を絡められたかと思いきや、使者に引き寄せられる。

喉元に押し当てられた匕首《あいくち》に、千花はあっけにとられた。

（どこから取りだしたの？）

疑問は、韋賢妃の甲高《かんだか》い叫びで解消された。

「こ、鯉の中に武器を仕こんで――」

千花はポカンと口を開いた。

（鯉の内臓を抜いたあと、匕首を隠していたんだ……）

皇帝の前に出るまでに、使者のほうは身体検査をされているはずだ。しかし、誰も皇族の献上品である鯉の腹までめくって調べようとは考えなかったのだろう。

「動くな！　貴妃を殺されたいか!?」

使者の脅迫《きょうはく》に、外から集まった兵士が動きを止めた、
皇帝の寵姫が人質なんて、対処に苦慮《くりょ》する事態であるのはまちがいない。

（……どうしよう）

玄覇が鋭いまなざしで千花たちを見つめている。

背筋に冷たい汗が伝った。

（よけいなことを引き寄せてる――！）

さっき忠告されたばかりだというのに、大失態だ。

（なんとかしないと……）

せめて自力でこの苦境から脱出しないと、最悪の場合、解雇されかねない。

（わたしの雇用は、わたしが守る……！）

目の前を見渡した千花は、打開策を閃《ひらめ》いた。

すうっと息を吸ってから、覚悟を決める。

足元まで覆う裙の中で右足を振り上げて、使者の脛《すね》を狙って踵《かかと》をぶち当てる。

男の腕が緩んだ隙《すき》に、身体を落としてから前方に一歩踏みだした。

左手を伸ばして摑んだのは、花椒をひとかたまり。振り向きざま、使者の顔面めがけて投げつける。

千花を再度捕まえようと腕を伸ばしかけた男は、まともに花椒を吸いこんだのだろう。激しく咳こみながら、後方に一歩退く。

千花は勢いあまってその場に倒れたが、足が手押し車に当たって、鯉魚が床にぼとりと落ちる。

そのままだったら、また使者に捕まったかもしれない。

だが、視界の隅《すみ》に疾風の速さで使者との距離を縮める無忌の姿を捉えた。

(助かった……)

使者は身を翻して逃げだそうとする。

女たちの甲高い悲鳴と兵の怒声が響き渡る。

千花は使者の背を目で追った。

「捕らえろ!」

「殺せ!」

ふたつの命令が重なる。

使者の前に戦袍と鎧《よろい》を着た男が飛びだした直後に、刀が一閃《いっせん》される。使者が壊れた人形のように倒れた。

床に仰向けになった使者の胸に、男は刀を突き立てる。

千花はその光景をうつ伏せになったまま見つめるしかない。

女たちの悲鳴がいっそう高くなった。まるでひいきの役者に歓声を送っているようだ。

「千花、大丈夫か」

玄覇がすぐそばで千花の背に腕を回す。彼に引きあげられるようにして立つと、無邪気な賛辞が聞こえる。

「よくやったわ、梓軒《しんけん》！　お手柄よ！」

鎧の男に拍手を送るのは、寿陽大長公主だ。得意げに千花たちを一瞥するや、猫撫で声を発する。

「皇上にご報告をなさい。お褒めの言葉をいただけるわ」

とたんに、玄覇の眉に皺が寄った。

鎧の男が自信満々に近寄ってくる。

二十歳半ばくらいだろうか。兜《かぶと》の代わりに小ぶりな冠《かんむり》で髪をまとめ、肩や胸に獅子《しし》の装飾がついた鎧を身につけている。浅黒い肌に顎がしっかりした精悍《せいかん》な印象の青年だ。しかし、千花は好感を抱けなかった。表情は寿陽大長公主に似て、冷徹だった。

男は玄覇の前に片膝をつき、顔の前で手を重ねる。

玄覇は眉を寄せたまま、男を見下ろした。

「護国公、余の命令が聞こえなかったか？」

梓軒と呼ばれた男は、徐婀嬪の異母兄で徐家の家長、そして、禁軍を預かる将軍だ。

護国公は顔をあげて怪訝そうにした。

「皇上のお命を狙う不埒《ふらち》な輩《やから》など、殺す以外にありません」

まっすぐに玄覇を見あげる目には、己の言葉に一片の疑いも持っていないようだ。

「臣は皇上の番犬。皇上に仇《あだ》なす者は、嚙みちぎるのみです」

それから、またもや両手を顔の前に重ねて礼をする。

玄覇は表情を消して護国公を見つめたあと、凜《りん》と声を張った。

「護国公、そなたの忠義に報《むく》い、銀百両の加増をする」

その言葉に、祝福の声があちこちから響く。

場の空気に耐えきれず、玄覇のそばを離れてすでに動かなくなった使者に近づいた。

死んだ使者――刺客の目はうつろに天井を見ている。流れでた深紅《しんく》の血の池が底なしの沼のようだ。

「貴妃さま」

詠恵が傍らに寄り添ってくれる。

「……さっきまで、生きていたのに」

千花の首に回した腕にはぬくもりがあった。興奮しているのか息は荒く、むっとするような汗の臭いがした。

「悪いのは、刺客です」

詠恵の慰《なぐさ》めに、千花はうなずいた。

「わかってるわ」

皇帝の命を狙っておいて、生きて帰れるはずがない。

理解はしているが、無残に失われた命に、胸がズキズキと痛む。

「……人間の血って、こんなに大量に身体の中を流れているのね」

天上では織女と牽牛が再会するめでたい日なのに、地上では血が銀漢のように流されている。その落差が肩にずっしりとのしかかる。

動けずにいる千花の手を、詠恵がそっと握ってくれた。

二章　貴妃さまは月下氷人《なこうど》になりたい

乞巧奠《きっこうでん》が終わって五日後の午後。

千花《せんか》が詠恵《えいけい》を連れて大光殿《たいこうでん》の執務室に入ると、重苦しい空気が漂っていた。

「何かあったの？」

「何もないっす」

無忌《むき》は相変わらず逆立ちで几案《つくえ》の周囲を歩き回っている。

千花は詠恵を振り返って、食籠《じきろう》を受け取った。茶の用意をしに行く詠恵を見送ってから、几案の端に食籠を置いて、中から蒸籠《せいろ》をとりだす。

「包子《にくまん》を持ってきたけど」

「食べるっすー！」

無忌は跳ねるように着地すると、執務室の隅《すみ》にある盥《たらい》で手を洗い、飛ぶような速さで千花の前に立った。

「腹減った……」

包子《にくまん》を両手に一個ずつ持つと、交互にかぶりついている。

「お昼食べなかったの？」

「食べたっす。でも、空腹で」

まるで育ちざかりの子どものようにパクついている姿を見ると、弟がいたらこんな感じかと思う。

「いっぱい食べなさい」

「うまいっすー！」

無忌は宮廷に毒されていない貴重な人間だ。

（わたしですら、自分が変わっていく感じがしているのに）

と考えたところで、食に関わることならば昔と同じだと気づく。

（食い意地が張ってるし、珍しい食材には目がないし、暇さえあれば料理について思案している）

ここさえぶれなければ、大丈夫だと信じられる。

千花は玄覇《げんは》の横顔を眺めた。

彼は無表情で上奏文に朱筆で書きこみをしていたが、ふと顔をあげた。

「俊凱《しゅんがい》、南方の義倉米の貯蔵の記録があっただろう」

義倉米は凶作時に供出できるよう平時に蓄えておく米のことだ。おそらくは金州《きんしゅう》に運ばせるのだろう。

「ございます」

西の壁際に備えた書棚から俊凱が文書を取りだす。

執務室の書棚は数棚並んでいて、手前ほど頻繁《ひんぱん》に使う資料を置いている。

「ねえ、今日は常王《じょうおう》殿下が来たんでしょう？」

常王に献上品を贈ったか否《いな》かを問い合わせたところ、療養中にもかかわらず、自《みずか》ら申し開きをしに来ると連絡があったのだ。

「お越しになられましたよ」

答えたのは、資料を手に戻ってくる俊凱だ。

「何かわかったことはあるの？」

千花が聞きたいのは、刺客のことだ。

「何も。常王殿下は、刺客を知っているどころか、献上品すら贈っていないとお答えになられました」

俊凱は穏やかな顔で玄覇に資料を差しだしている。

「本当？」

「本当だと信じるしかない。刺客の側からも常王との繫《つな》がりは出なかった」

玄覇が不機嫌そうに答える。

「刺客がどこの誰かわからないってこと？」

俊凱が小さくうなずく。

「安平《あんへい》を管轄《かんかつ》する役所に問い合わせをしましたが、情報は出てきませんでしたね。唯一特徴的なのは、肩甲骨《けんこうこつ》のあたりに彼岸花《ひがんばな》の刺青《いれずみ》をしていたことです」

「彼岸花……毒の花ね」

彼岸花は毒殺に使われるほどの強毒を有するとして著名だ。

「そもそも、刺客が死んでるから、正体を探るのは難しいっすよ」

無忌が包子《にくまん》をふたつ食べ、蒸籠に手を伸ばす。

さらに一個をむさぼり食っている無忌を眺めながら、誰にともなく質問する。

「刺客を派遣する組織を調べたりできないの？」

千花が問うと、俊凱が微笑《ほほえ》んだ。

「あったとしても、真の依頼主には辿《たど》りつけないように頼むものですから」

「刺客を送りこんだのは、恭王《きょうおう》か衛王《えいおう》のどっちかに決まってるっす。さっさと殺したほうがいいっすよ」

指を舐《な》めている無忌は、きっと虚空《こくう》を見た。

「なんなら、俺が殺しに行ってもいいっす」

「やめてください。恭王府も衛王府も何重にも防御を敷いています。おまけに、当のふたりも手練《てだれ》だそうですよ」

　俊凱が上奏文を整理しながらため息をついた。

「なんの準備もなくふたりを殺せば、奴らが封土《ほうど》に置いている軍が動くぞ」

　玄覇が義倉米の資料をめくりながら言う。

「せめて刺客が生きていればよかったのに」

　千花の言葉に、無忌が応じる。

「護国公《ごこくこう》が軽率に殺すからいけないっすよ。生け捕りにすればよかったっす」

　千花は首を傾《かし》げた。

「でも、あのとき、生け捕りにできたかしら」

　刺客が他の妃嬪《ひひん》を人質にした可能性もある。

「……俺はあのとき捕らえろと言ったが、少なくともその命令には従っていないな」

　玄覇は上奏文に再び書きこみをはじめる。

「じゃあ、護国公が口封じをしたっすよ、きっと」

　無忌の言葉に、千花は疑問を呈する。

「護国公はどっちの味方なの？」

　衛王か恭王か、どちらかの指図で動いたのだろうか。

「素直に考えたら衛王殿下ですわね。護国公の同母妹《いもうと》は、衛王殿下の王妃ですから」

盆を持って入室した詠恵がにこにこしながら言う。

千花は詠恵の盆から蓋碗《がいわん》を取りあげ、玄覇のそばに置いた。

「意表をついて恭王かもしれませんね」

俊凱も蓋碗を取りあげながら言う。

「どちらでもいい。俺はまだ生きている。どうせまた新たな刺客があらわれるだろう」

玄覇が蓋碗の蓋《ふた》を操り、碗の中の茶葉を端に寄せながら言う。

「そうですね。また何かしら起こるでしょう」

冷静に茶をすすっている俊凱に呆《あき》れた。

「刺客はお客さんじゃないのよ」

「しかし、死んだ刺客からは雇い主がわかりませんでしたからね。焦っても仕方ありません。やみくもに動けばいいというわけではありませんから」

敵を倒すには、時期尚早ということだろうか。

「そうっす。次こそ生け捕るっす」

茶を飲んでいる無忌はやる気満々だ。

（心配するだけ無駄みたい）

妙にのんきな気がするが、意気消沈するよりマシなのかもしれない。

自分を納得させるために口に出す。

「証拠がないのに、犯人はおまえだって衛王を指さすわけにはいかないしね」

「そうですわ。皇上の威信にも関わりますし、最悪の場合、皇帝の資格がないと恭王や衛王から責められかねません」

詠恵が飲み終わった茶器を回収しながらほがらかに言う。

「皇帝だからって好き勝手はできないのね」

強大な権力を有しているからこそ、まちがって使ってはならないのだ。

「意外と我慢強くないとやってられないのね、皇帝って」

「今ごろ気づいたのか？」

愕然《がくぜん》としている玄覇をなだめようとしたら、宦官《かんがん》が足音を忍ばせて入室してくる。千花のそばに寄ると、低くささやいた。

「貴妃《きひ》さま。芳華宮《ほうかきゅう》の侍女《じじょ》が、至急の用があると参っております」

「すぐ行くわ」

皇帝の執務室は誰でも入れないから、宦官に言伝《ことづて》を頼んだのだろう。

千花は詠恵を連れ、あわてて外に出る。大光殿の階の下に、佳蕊《かずい》がいた。

きりっと締まった顔立ちで女子の人気を博している彼女が、珍しく焦燥《しょうそう》をあらわにしている。

「どうしたの、佳蕊」

「大変です！　嫻嬪《かんひん》さまが倒れたんです！」

予想外の報告に、千花は詠恵と顔を見合わせた。


佳蕊と共に順貞宮《じゅんていきゅう》へと急ぐ。

順貞宮の侍女に来訪を告げると、彼女たちは速やかに徐《じょ》嫻嬪の寝間に案内してくれた。

千花は徐嫻嬪の寝台のそばに置かれた椅子《いす》に座る。

寝台に半身を起こした徐嫻嬪は、千花を気まずそうに出迎えた。

「ただの立ち眩《くら》みなのです。それなのに、みな大騒ぎをして……」

ばつが悪そうな徐嫻嬪を、寝台脇に控える侍女たちが心配そうに見つめている。

「嫻嬪さま、無理をしすぎですわ」

「そうです。お食事を控えていらっしゃるのもいけません」

「暑い中、畑で作業をなさるのですもの。お身体《からだ》を大切になさらないと」

口々に自愛を求める発言に、感心してしまう。

(好かれているのね、嫻嬪は)

人望があるのに違いない。

「別に大したことではないわ。心配しなくていい」

「でも、嫻嬪さま」

「ところで、貴妃さまは、なぜこんなに早くお越しになられたのですか」

話を逸《そ》らすためか、突然に疑問を投げられ、千花は内心であわてた。

(それは、ちょうど佳蕊が順貞宮の侍女から情報収集していたせいです……)

佳蕊は男装したら美形男子に変貌《へんぼう》しそうな凛々《りり》しい顔立ちだ。そのせいか、芳華宮だけでなく、他の宮の侍女たちにも『佳蕊姐姐《おねえさま》』と呼ばれるほど慕われている。

(佳蕊が壁に女の子を押しつけて顎《あご》クイってしたり、一緒にお茶飲まないって誘ったり、そんなことをして情報収集しているとは話せない)

佳蕊が魅力をバキバキに発揮して集めた情報は、千花が妃嬪の動向を把握《はあく》するために必要なものなのだ。

「その……通りすがりにうちの侍女が聞いたみたいなの。あなたが倒れたって」

「そうですか」

やや疑わしそうな顔で見られたが、素知らぬフリをする。

一瞬の沈黙を破ったのは、寝間に入ってきた宦官だった。

盥をかかげたその宦官が入ってきただけで、空気が変わった気がする。

頬《ほお》から顎の線がなめらかで、肌が真珠のように白い。切れ長の目尻の下に小さなほくろがあり、儚《はかな》げな色香が漂っている。

下級の宦官である黒一色の曳撒《えいさん》を着ているのに、思わず目を惹《ひ》かれるような端整な顔立ちだった。

「みなさん、仕事に戻られてください。心配なのはわかりますが、嫻嬪さまを休ませないといけませんから」

穏やかだが有無を言わせぬ口ぶりに、侍女たちが圧倒されたようにうなずいて部屋を出ていく。残ったのは、千花と詠恵だけだ。

「小鵬《しょうほう》、悪いわね」

徐嫻嬪はいたずらを見とがめられた子のように身を縮めた。

「嫻嬪さま。励むのはわかりますが、無茶をしないでください」

「わかってはいるけれど……徐家のためにも侍寝《よとぎ》をして、皇上にわたしの存在を認めていただかなくてはならないもの」

千花は密かに喉《のど》を鳴らした。

徐嫻嬪が必死なのは、経費を削減すれば玄覇と一夜を共にできるかもと餌《えさ》をちらつかせたからだ。

(……ここまで必死になるとは思わなかったわ)

主に、やる気のない妃嬪の背を押すための手段のつもりだったのだ。

「……そんなにがんばるのは、よほどの理由があるのね？」

千花が思わずたずねると、徐嫻嬪はうつむいて自分の手を見た。骨ばっていて、どちらかというと男っぽい手だ。

「……父から何度も諭《さと》されていたのです。徐家は建国の功臣で、そのために代々護国公の地位を受け継ぐことを許された。だから、宗室をお支えするのは義務だと」

「お父さまって先代護国公のことね」

詠恵が先代護国公は人品すぐれた人だったと語っていた。噂《うわさ》どおり立派な心構えを持っていたようだ。

「そうですわ。父は忠心の塊《かたまり》で、愛情深い方でしたから」

徐嫻嬪が目元を和《なご》ませる。そうすると、きつい印象の美貌がやわらいだ。

「わたしの母は徐家の侍女で、父の妾《めかけ》になりましたが、父は妾の子も大長公主さまの子も……それだけでなく、養っていた孤児たちまで等しく教育をしてくれました」

「そう……」

相槌《あいづち》を打ちながら考える。もしかしたら、寿陽大長公主《じゅようだいちょうこうしゅ》はそういったところが不満だったのかもしれない。

「……大長公主さまとは違う考えをお持ちだったみたいね」

千花が指摘すれば、彼女はしばらく黙ってから口を開く。

「大長公主さまからはよく言われました。わたしたちは、きれいな花の蜜《みつ》を吸う虫けらだと」

それきり黙ってしまう。

(寿陽大長公主さまは、先代護国公に妾がいるのが不満だったのね)

後継ぎを産んでいるのに、なぜ妾を持つのかと不服だったのではないか。

(でも、いつもあんな感じの人あしらいだとしたら、先代護国公の気持ちもわかる)

異腹の妹にすら身分違いだと言い放つ。先代護国公に対しても夫というよりは臣下として扱っていたのではないか。

「わたしは妾の子ですが、それでも徐家の娘です。家のためにも、皇上をお支えするのが役目。それを果たすためなら、多少の無理でもしなければなりません」

徐嫺嬪の決意を秘めた様子に、千花は目を瞠《みは》った。身体がかすかに震える。

(……嫺嬪こそ、わたしの後釜《あとがま》にふさわしい娘じゃないの！)

なにより、玄覇を支えたいという信念を持っているのがすばらしい。

(それに家柄も問題ない……。別に低くてもいいとは思うけど、名家のみなさまから厳しくあたられたら、心が折れちゃう娘だって出てくる)

しかし、徐嫺嬪なら安心だ。建国の功臣の娘で、禁軍を預かる将軍の妹。無用な攻撃はないはずだ。くわえて、彼女が玄覇の陣営に属したなら、徐家だって玄覇になびくのではないか。

(寿陽大長公主さまとの間柄が心配だけど、嫺嬪が寵愛《ちょうあい》を受けるようになったら、大長公

主さまだって態度を変えざるを得ないはず……。これは理想的な相手だわ）

後宮をまとめる貴妃として、妃嬪に対しては公明正大である必要があるから、大っぴらに肩入れはできない。しかし、徐娴嬪の心意気を汲《く》んでやりたいという思いがあふれるのはどうしようもない。

己を落ち着かせようと咳《せき》払いをする。

「か、娴嬪。まずは身体をゆっくり休めなくちゃいけないわ。でも、あなたが真剣に取り組んでくれているのは、すごくうれしい。皇上もきっとお喜びになるわ」

「はい」

徐娴嬪もまた真摯《しんし》なまなざしでうなずく。

「無茶をしない程度にがんばってほしい。努力は認められると思って」

この根性なら、他の娘より経費削減の額だって上回るはず。

結果が出たなら、それこそ全力で玄覇との仲を取り持てる。

（そうよ、わたしは月下氷人《なこうど》になる……！）

後顧の憂《うれ》いをなくすためにも、暗躍するのだ。

「わかりました」

徐娴嬪が心なしか安堵《あんど》した顔を見せる。

その隙《すき》を見逃さず、小鵬は濡らした手巾《しゅきん》を手に徐娴嬪の傍《かたわ》らに寄る。

「娴嬪さま、貴妃さまのおっしゃるとおり、まずは復調いたしましょう」

「そうね」

小鵬は徐娴嬪の顔や首を拭《ぬぐ》い、彼女もおとなしく従っている。

(よく気がつく宦官ね)

主の思考を先取りして仕事ができるのは、理想的だ。

「それでは、わたしは帰るわ」

椅子から立ちあがったとき、徐娴嬪があっと声をこぼした。

「何?」

「……あの日は、ありがとうございました」

瞼《まぶた》を伏せて礼を述べられ、千花は思わず笑みが漏れた。

「気にしないで。わたしは虎だから、獅子《しし》が吼《ほ》えるのを見ていられなかったのよ。わたしの縄張りで好き勝手するなって吼え返しただけだから」

動物の耳をまねて頭の上に両手の人差し指と中指を立てる。ガオーっと叫ぶと、徐娴嬪がぷっと噴きだした。

「その調子だったら大丈夫ね。ゆっくり休んで、娴嬪」

深く頭を下げる徐娴嬪に手を振ってから、順貞宮を出た。

宮門を抜けてしばらく歩いてから、そばを歩く詠恵の腕を摑《つか》む。

「詠恵！　わたしの後任、見つけたわ！」

「嫻嬪さまですね」

詠恵が微笑んだあと、頬に手を当てて憂いを漂わせた。

「貴妃さまのお気持ちはわかりますが、皇上がどうなさるか」

「そこは、こう……なんとかしてみせる！」

具体的な方策は思いつかないが、女を寄せつけないようにしている玄覇の防御壁を突破しなくては。

「他の妃嬪との仲を取り持つ寵姫というのは、珍しいでしょうね」

複雑な顔をする詠恵に向けて己を指さした。

「ここにいるじゃない。がんばるわよ！　なんとしても、侍寝させてみせる！」

玄覇が徐嫻嬪の忠心を知れば、巌《いわお》のように女を寄せつけない態度も変わるはずだ。

千花は決意をこめて、こぶしを空に突き上げた。


二日後。

千花は寿安宮《じゅあんきゅう》へと赴いた。

日課となっている話し相手になるためだ。

寿安宮の居間に入り、皇太后に万福礼《ばんぷくれい》をしたあと、茶を飲みながら話をする。

「中元の準備は整えましたので、ご安心ください。それにしても、乞巧奠が終わったら、中元、中元が終わったら、中秋節。中秋節のあとは重陽《ちょうよう》の節句。宮中は行事が尽きませんね」

「本当にのう。冬になれば南郊祭天に祭竈《さいそう》に春節か……。一年があっという間に過ぎてしまうぞ」

「皇太后さまのおかげで乞巧奠も無事に終わりましたし、経費削減も少しずつですが進んでいます。本当に感謝しております」

皇太后が茶を飲みながらため息をついた。

「責任を感じるのはわかるが、後宮をまとめるのは至難の業。己の意思など通るのは三割ほど、六割でも結果が出れば上等だと考えることじゃ」

「ありがとうございます」

もっとしっかりやれと言われるかと思いきや、意外だった。十年皇后を務めた間に、あまたの苦労を経験したのだろう。

「後宮で暮らす者たちは、みな違う願望を抱いて生きておる。利害が一致しないことも多い。それをまとめるのは、並大抵のことではない。そなたも、あまり根をつめすぎぬようにな」

「……はい」

千花は内心の気まずさをごまかすためにも茶を飲んだ。

皇太后は新米の千花を気にかけ、助言をしてくれる。心遣いがありがたく、やとわれの寵姫であることを隠しているのが心苦しくなってしまう。

「そういえば、そなたの狙いどおり、妃嬪の中でめぼしい者はおるかえ」

皇太后が蓋碗の蓋を操りながら進捗《しんちょく》を問う。経費を削減した者は玄覇と膳を伴にする――果ては一夜も過ごせるという条件を、皇太后にもすでに報告しているのだ。

千花は前のめりで答えた。

「嫻嬪は有望そうです！」

返事をきくや、皇太后の表情が曇《くも》る。

すぐそばに立っている瑶月《ようげつ》もまた浮かない顔をした。

「あの……嫻嬪に不都合でも」

「嫻嬪自身には思うところはないが……そなた、寿陽大長公主と乞巧奠でやりあったそうじゃのう」

皇太后に半眼で見据えられ、千花は頬を引きつらせた。

「……なぜご存じなのですか？」

「二日前に禎郡王妃《ていぐんおうひ》と雨萱《うけん》さまがご挨拶《あいさつ》に来られたのです。乞巧奠では皇太后さまにお会いできなかったからとわざわざ足を運ばれて。そこで、貴妃さまと寿陽大長公主さまとのいきさつを話していかれたのです」

皇太后の代わりに答えたのは瑶月だ。彼女は絹団扇《うちわ》をゆっくりと動かし、皇太后に風を送りながら補足した。

「雨萱さまがその場の様子を身振り手振り、動作をことこまかに付け加えて説明してくださったのですわ」

「あの娘はほんに芸達者じゃのう」

「臨場感がありましたわねぇ」

ほんわかとした主従のやりとりを聞きながら、千花の腋《わき》にじわっと汗が滲《にじ》む。

(何をやっちゃってるの、雨萱さま!?)

この間の小芝居みたいに、はりきって動き回る雨萱が目に浮かぶようだ。

「それにしても、寿陽大長公主はちっとも変わらんのう」

「本当に。昔と変わらず血の気の多い方ですこと」

渋い顔をした皇太后と首を左右に振る瑶月を見比べ、思わず質問した。

「もしかして、大長公主さまは、皇太后さまにもああだったのですか？」

「ああだったぞ」

「皇太后さまが皇后さまでいらしたときも、何かと食ってかかってばかりでしたもの」

「同母弟の気安さからか、先帝にも文句をつけておったからのう。あれはどうしようもなかった」

　皇太后の達観した表情に戦慄《せんりつ》する。

（想像以上にやばい人に喧嘩《けんか》を売ってしまった……）

　我ながら、無知ってすごいと思ってしまう。

「嫻嬪さまが寵愛を受けたら、寿陽大長公主さまは鼻高々で、ますます威勢がよくなるのではありませんか？」

　瑶月が首を傾け、本気で心配そうに言う。

「どうだかのう。嫻嬪をそこまで重要視しておるかどうか……。先代護国公の没後、一年経《た》たぬ間に嫻嬪の実母が亡くなったくらいじゃ。妾も妾の子もおそらくは相当に虐待《ぎゃくたい》しておったのじゃろう」

　皇太后が蓋碗の蓋を操りながらため息をつく。

　千花は口を半開きにした。

「ぎゃ、虐待ですか？」

「下働き同様に扱い、食事もろくに与えなかったと聞くぞ。妾《わらわ》もそれとなく注意をしたことがあったが、徐家のことに口を出すなとけんもほろろでのう。急遽《きゅうきょ》、皇帝のために後宮をつくることになったたゆえ、年ごろの嫻嬪を差しだしてきたが、それがなかったら徐家で飼い殺しになっていたはずじゃ」

皇太后の言葉に絶句してしまう。

徐嫻嬪は名家のお嬢さまとして気楽に過ごしてきたどころか、苦労ばかりだったのだ。

(畑を耕そうなんて発想になるはずだわ……)

おそらく徐家でも経験済みなのだろう。

「嫻嬪さまには、母を同じくする弟君がいらしたはずですわ」

と口を挟んだのは、詠恵だ。相変わらず情報通である。

「詠恵の申すとおり、柏林《はくりん》という名の弟がおったのう。まだ十代半ばであったか……。弟もどうなっておることやら」

皇太后の言葉に、千花は唇を嚙《か》む。

徐嫻嬪がなんとしても寵愛を得たいと望むのは、弟を保護したいという気持ちもあるのだろう。

「寿陽大長公主さまが、それほど嫻嬪の実母を嫌ったのは、先代護国公に愛されていたからですか?」

千花の質問に、皇太后がしばし沈黙する。

瑶月が皇太后をあおぐ団扇が空気をゆったりとかきまぜた。

「……だからといって、嫻嬪の実母を虐待してよいという理由にはなるまい」

皇太后が蓋碗を卓に置いて、千花を直視した。

「正妻というものは、家の中で権力を握ることを許されておる。夫が亡くなったあとに、妾をどうするか――家から追いだすか、そのまま養っておくか、決定権をも持っておる」

重々しい言葉に居住まいを正せば、皇太后が言い含めるような口調になった。

「権力を握っておるとは、すなわち責任を負っておるということじゃ。正妻に本来期待されるのは、夫と共に家を守り繁栄させること。妾も妾の子も守るのが本来なすべきことなのに、それをしないというならば、正妻たる資格はない」

もっともな正論に、千花は何も言えなくなる。

だが、千花の心の奥の疑問をすくったように、詠恵がつぶやいた。

「でも、女として気持ちはわかります。夫が自分をないがしろにして妾を大切にすれば、穏当な対応などできるはずもありませんもの」

皇太后が小さくうなずく。

「もちろん、大長公主の不満はわかる。だが、権力を握っておる者が、その不満を軽々しく行動に移してよいと思うかえ？　ときには、己の心を押し殺してでも下にいる者を守る必要がある。それができないならば、権力を持つ地位からは降りる必要があるのじゃ」

皇太后が千花をじっと見つめている。

彼女は寿陽大長公主を例に挙げて、千花を諭しているのだ。

「……皇太后さまのお言葉を胸に刻んでおきます」

「うむ。そなたもいずれは皇后になるであろう。よくよく覚えておくのだぞ」

「はひ？」

さらっと言われたことに驚愕《きょうがく》し、喉の奥から変な息が漏れてしまう。

「そうですわね。皇上のご様子から拝察しても、いずれは貴妃さまに至尊の地位をお与えになるのは既定のことでしょうし」

瑶月まで同意している。

「……わたし、そんなふうに見られているんですか？」

呆然《ぼうぜん》として訊《き》くと、皇太后が当然のようにうなずいた。

「そなたを後宮に入れると聞いたときから、心づもりはあるのじゃろうと思っておったぞ」

「で、でも、わたし、世継ぎも産んでおりませんし……」

皇后となるには最大の欠点らしき事実を指摘してみたが、皇太后は瑶月と顔を見合わせてから言い放つ。

「世継ぎは他の女に産ませればよいぞえ。子がなくとも皇后を務めておる例など史上に無数にある。妾も含めてな」

「そもそも、太祖さまの皇后であられた孝賢聖《こうけんせい》皇后さまも実子はおられませんでしたものね」

と補足するのは詠恵だ。

「そうじゃ。孝賢聖皇后は、太祖が転戦していたおりに他の妾妃《しょうひ》が産んだ子でも実母のように世話をしていたという。天下取りの戦《いくさ》のさなか、背負い籠《かご》にふたりの幼児を入れ、胸には赤子を抱いて戦火の中を逃げたという逸話は有名じゃ」

「わたしも知っています」

天下を取った太祖を支えた孝賢聖皇后は、賢妻慈母として有名だ。妾妃の子だけでなく、部下の孤児も引き取って養育した。皇后となってからは、贅沢《ぜいたく》を戒《いまし》めて政治に口を出さず、けれども太祖に求められれば適切な助言をしたことで、この国ではもっとも尊敬されている女性だ。

「だから、そなたが引け目を覚える必要はない」

力強く断言されて、唇の端を軽く引きつらせる。

「……はい」

皇后になど全然なる予定はないが、表向きは否定できないのがつらい。

「そうそう。雨萱が言うには、皇帝は庶民《しょみん》の女子から人気を博しておるそうじゃぞ。なんでも、あの芝居のおかげで、地位を得ても貧しいときに支えた妻を大切にする夫だと評判なのじゃとか」

「そうなりますわよねぇ。偉くなったら、苦しいときに支えた恩人を捨てる男が世に多いせいですわ！」

瑶月の鼻息が荒い。昔、何かあったのかと疑うほどだ。

「……そうですか」

またもや唇が引きつる。

（ただの女嫌いなのに、とんでもない善人に思われているじゃないの）

実物と創作の乖離《かいり》がひどすぎる。

「皇上を選んだのは、ひとえに皇太后さま。やはり皇太后さまはご立派ですわ」

瑶月が称賛すれば、詠恵も賛同する。

「皇太后さまのご見識の確かなことといったら、比類できる者などおりませんもの」

「そなたたち、褒めすぎじゃ。妾の懐《ふところ》からは何も出ぬぞえ」

と言いながら、皇太后は髪に差していた粒ぞろいの真珠がついた簪《かんざし》を抜いて瑶月に与え、詠恵には腕に通していた白玉の腕輪を渡している。

気前よく恩恵を授ける皇太后と受け取る侍女たちの姿を目にし、千花は引きつる頬を必死に笑みの形に整えていた。

中秋節まであと十数日に迫ったころ、千花はひとりで御膳房《ごぜんぼう》に向かった。

午後のひととき、御膳房は竈《かまど》の火を小さくして束の間の静けさを得ている。

中は花椒《かしょう》の香りがほんのりと残っていた。厨師《ちゅうし》たちの遅い昼食に使ったのだろうか。

ついくんくんと鼻を鳴らしてしまう。調味料の残り香や壁にこびりついた油の匂いすら懐かしいと思ってしまうのは、厨師の性《さが》だろうか。

物音に気づいたのか、ぽってりとした唇の厨師長・清恩《せいおん》が眺めていた菜単《さいたん》から顔をあげた。三十代半ばの清恩は姿形は優男《やさおとこ》のなりをしているが宦官であり、御膳房の最高責任者である。

「阿千《あせん》ちゃん、いらっしゃい」

「厨師長、よろしくお願いします」

千花は化粧をとって素の顔になると、まったく目を惹かない地味な顔になる。それを生かして、自由に動きたいときは、貴妃さまの忠実な侍女・阿千になりきっているのだ。

「で、今日は、お妃さま方のご膳の準備が変わったかどうか聞きたいのだけど」

「特に変わりはないわね。確かに貴妃さまに命じられたとおり、お野菜中心の経費削減お料理をお出ししてるけど、お肉やお魚の料理の追加が来てるから」

「そう」

千花は腕を組んで天井を見あげた。

どうも、妃嬪たちのやる気が感じられない。

追加で料理を頼んでいるというなら、各宮に毎月渡している生活費から出しているということだ。

そこを工夫して削減してほしいという狙いがあるのだが、意図を理解してもらえていないのかもしれない。

「ただ、嫻嬪さまのところだけは、追加もほとんどないわねぇ」

「そういうのを聞きたかった……！」

「噂では、嫻嬪さまは自分の分の料理を手もつけずに侍女たちに下げ渡しているのだとか。侍女たちの料理に追加しなくていいようにでしょうね」

「なるほど」

御膳房が毎食用意するのは、各宮の人員分に合わせた料理だ。しかし、各人の食事量には差があり、不足するときもある。そういうときに、自腹を切って料理を追加するかどうかを判断するのは、各宮の財政の責任者である妃嬪である。

徐嫻嬪は皿を追加するのではなく、自分の分を減らしているわけだ。

「真剣なのは、嫻嬪さまだけみたいね」

「まあ、妃嬪のみなさまは、ご令嬢だしねぇ。経費をうまく減らすという意味がわからないのも仕方ないいんじゃないかしら」

清恩が肩をすくめてから、小さく手を叩いた。

「そうだ。中秋節に配る月餅《げっぺい》の試作をしたのよ。阿千ちゃんも食べてみる？」

「食べます！」

千花が元気に手を挙げると、清恩が唇をほころばせた。

「ちょっと待ってちょうだい。方正《ほうせい》、持ってきて」

清恩が声をかけると、奥の作業台で若い厨師を指導していた方正が皿を手にやってきた。

「貴、じゃなかった、阿千ちゃんさん、これですぜ」

調子のおかしいしゃべり方で、方正が皿を目の前に出す。

白磁の皿には、黄金色の月餅が五つあった。

艶々《つやつや》とした焼き色の月餅には菊に似た花の焼き印が押してある。

「おいしそう。この花は菊？」

「中秋が終われば重陽の節句でしょう。だから、時季を先取りしているってわけ」

「なるほど」

黄金色の月餅の上に咲く花の花弁を数えると十八枚だった。

「十八枚なのは、最大の陽数である九と九を足しているのね」

重陽の節句は九月九日だ。数にも陰陽《いんよう》があり、奇数が陽数で偶数が陰数である。最大の奇数である九は縁起のいい数であり、皇帝の象徴の数でもある。

「にしても、焼き印だけなんだ」

市井《しせい》の有名な月餅店では、生地を型にはめて、複雑な模様を表面に描くのが一般的だ。

「宮中各部署の人員にも配るから、たくさん作るしね。それに、月餅って中秋の前から贈りあうものでしょ。御膳房が届ける本番のときには、すっかり飽きているものなのよね」

清恩が頬に手を当てて悩ましげに言う。

「確かにそのとおり」

月餅は中秋になる前から親戚、友人、仕事の関係者などに贈りあう。妃嬪だったら、実家や実家の関係者から大量に贈られてくるだろう。

千花のもとにも、禎郡王妃から月餅が届けられたばかりだった。

『貴妃さまと一緒にお芝居を観に行きたいです』

雨萱の署名つきの手紙が同封されていて、胸がほっこりと温まったものだ。

「力を入れても反応が薄くて、張り合いがないっていうんですかねぇ」

方正が腕を組んでうなずく横で、清恩も唇を尖《とが》らせる。

「そうなのよぉ。中秋のころには、もう飽きたって言われてばかり。適当に作るわけじゃないけど、なんだかやる気がわかないっていうか」

ふたりの気持ちも理解はできる。

行事だから配りはするが、本音ではそこまで力を入れてもいないのだろう。

千花はひとつ手にとった。

「食べていい？」

「どうぞ」

月餅を半分にしてかぶりつく。

豆沙《こしあん》は甘さ控えめで、外の皮は香ばしく、まちがいのないおいしさだ。

「ふつうにおいしい」

奇をてらわず、万人向けの味に仕上がっている。

「まあね。変わり月餅は、外の商売人におまかせなのよ」

「今年は材料を仕入れちまったから仕方がありませんが、来年くらいはちょっと大胆《だいたん》な味を出してみるのも一興ですなぁ」

と方正が提案すれば、千花もうなずく。

「わたしも色々考えてみようかな。来年は愉快なことをやりたい」

「張り切るわねぇ、ふたりとも。でも、いつもと同じでもつまらないしね」

三人で語らっていると、御膳房の入り口から宦官が顔をだした。

「失礼します」

口をもぐもぐさせながら、千花は目を瞠《みは》った。

立っていたのは、黒の宦官服をまとった小鵬だ。あいかわらず、光を放っているような存在感がある。

「ああ、嫻嬪さまのところの」

方正が彼に近づく。

小鵬は慇懃《いんぎん》に礼をしてから、方正に書きつけを渡した。方正はそれを見て、眉を寄せる。

「料理を毎食さらに二皿ずつ減らしてほしいって大丈夫ですかい？」

「ご心配には及びません。嫻嬪さまはそのお料理を宦官に回すそうです。その代わり、宦官用に追加していた注文を取り消したいとのことで」

「では、今日の夜の膳からそのようにしますんで」

「ありがとうございます。ところで、あれは――」

小鵬はめざとく千花たちの手元の皿に気づいた。

「月餅ですぜ」

「中秋のときにお配りするものでしょうか。見せていただいてもかまいませんか？」

「いいですぜ」

方正が戻ってきてから皿を持っていく。

月餅を見ながら質問攻めにしている小鵬に、方正がひとつ食えと手渡し、小鵬は遠慮がちに受け取ったあと、表と裏と観察している。

月餅を食べ続けながら、千花は小鵬の様子を窺《うかが》う。

（嫻嬪に報告するのかしら）

もしかしたら、経費削減のタネにでも使うのだろうか。

そうこうしているうちに、小鵬は懐から取りだした手巾に月餅を包んだ。

（お土産《みやげ》にするのかな）

最後のひとかけらを口に放り投げた千花に、清恩が肩を叩いてきた。

「阿千ちゃん、お茶飲む？」

「飲みます」

千花はぺこりと頭を下げた。甘いものを食べたあとのお茶は最高だ。

「あなたも飲む？」

清恩に声をかけられ、小鵬はあわてて首を左右に振った。

「いえ、これで失礼します」

逃げるように去っていく小鵬の背を見送る。

方正が皿を持って戻ってきた。

「嫻嬪さま、無理をしてなきゃいいんですがねぇ」

「……そうね」

答えながら罪悪感がわいてくる。徐嫻嬪に試練を課しているのは千花だ。

「八皿の菜《おかず》が半分になるだけ。まあ、大丈夫でしょ」

三人分の茶杯を手に清恩が戻ってきた。それぞれに茶杯を配る。

「でも、心配よ。ご飯、食べなさすぎて、また倒れなきゃいいけど」

「通常でも八皿は食べないでしょ。たいていは、侍女たちに下げ渡してるんじゃないの？」

「まあ、そうだけど……」

「貴妃さまなら食べきってそうね」

「貴妃さまも下げ渡してますからね!?」

少しずつ小皿に取り分けて食べたら、あとは侍女や宦官に下げ渡している。基本的には食べきれないくらい出されるものだからだ。

「あら意外」

笑う清恩にむくれていると、方正が茶杯に息を吹きかけながらつぶやく。

「しかし、きれいな宦官ですなぁ。毎回見るたびに圧倒されちまう」

「小鵬は、順貞宮付きになる前は、どの部署にいたの?」

千花の質問に、清恩が驚いた顔をした。

「阿千ちゃん、知らないの。あの子は、嫻嬪さまが入宮するときに連れてきたのよ」

「じゃあ、陪嫁人《ペイジアレン》なのね」

陪嫁人とは、嫁入りのときに花嫁が実家から連れてくる侍女などのことを指す。

妃嬪たちに仕える侍女は、後宮で雇ってあてがった侍女と陪嫁人が混在しているが、陪嫁人のほうが妃嬪との関係が近いために側近を務めていることが多い。

「宦官にも陪嫁人っているのね」

「小鵬は、嫻嬪さまが入宮するのにあわせて浄身したらしいわよ」

清恩が教えてくれた情報に絶句した。

少し前までは男という属性だったのに、それを捨てざるを得ないなんて、どんな事情があったのだろうか。

「……徐家の命令なのかしら」

千花がためらいながらつぶやくと、清恩が人差し指を顎に当てて考えるそぶりをした。

「どうかしら。本人が志願したのかもしれないけどね」

「それはそれで複雑な事情がありそうですなぁ」

方正がなんともいえぬ表情をする。

清恩が淡々《たんたん》と語る。

「宦官って今は二通りあって、死ぬほど貧乏で衣食住を得るために宮中に志願するか、地方官が目端の利いた子を献上してくるか、どっちかなのよね。小鵬は前者と後者を足して二で割った感じなんじゃない？」

「な、なるほど」

つまり、貧しい家の子で徐家に仕えていたが、賢いために徐嫻嬪の補佐をさせたくて浄身させられたということなのだろうか。

宦官である清恩の手前、あまり深掘りするのも申し訳なく、話を逸らすために質問した。

「小鵬は、よく御膳房に来るの？」

「嫺嬪さまからの言伝は、だいたいあの子が来るわねぇ」

「そう」

茶を飲み干すと、千花は清恩に頭を下げた。

「今日はどうもありがとう。また来るわ」

「どっちの姿でも大歓迎よ」

清恩が笑っている。

化粧をしてもしなくても、料理を愛する者として認めてもらっている。それがなによりもありがたい。

千花は手を振ってから御膳房を出た。回廊を歩きだすと、風が熱を失いつつあるのがわかる。

（もう秋がすぐそこまで来てる）

北のほうは舞台の幕を下ろすように季節が変わるという。なんでも、一晩過ぎたら風がすっかり冷えてしまうのだとか。

（麗州《れいしゅう》は、やっぱり暖かかったな）

久しぶりに麗州の――養父で師父でもあった承之《しょうし》との日々を思いだしかけたとき、遠目に回廊からはずれる小鵬が見えた。

彼が向かうのは、近くにある土を盛った高台だ。気になって、なにげなく散歩をするフりをして彼を追ってしまう。

高台には八角形の亭があった。ときには妃嬪たちが散策の合間に休む場所だ。

亭の周りには松が植えられていて、趣《おもむき》がある。心なしか風が涼しいような気がするのも一休みの場所にはふさわしい。

階を登って高台の頂上に至れば、小鵬は亭を抜けた先にいた。そこからは後宮が一望できる。

明黄色《めいこうしょく》の甍《いらか》が波のように連なっている。遠目に見えるのは、ここよりも高い位置にある祥雲亭《しょううんてい》とその下に広がる水面だ。

松に隠れて気づかれないように見守ろうとしたが、小鵬が振り返った。美しい容貌に笑みを浮かべている。

「何かご用でしょうか」

「いえ、その、わたしも新鮮な空気を吸おうかなーなんて」

「でしたら、こちらにどうぞ」

笑いながら誘われて、千花はおそるおそる近寄った。

（バレてないわよね……）

何度も顔を合わせた清恩たちですら、初見では見破れなかったのだ。小鵬とじっくり顔を合わせたのは徐嫻嬪の見舞いのときだけだから、きっと大丈夫なはずだ。

横に立つと、彼が千花をじっと見つめてきた。

「どこかでお会いしたことがあったでしょうか?」

「いいえ、ありません!」

千花は顔の前で手を振った。

すると、小鵬はいかにも楽しげに笑いだした。

「そんなに警戒なさらなくとも」

「あーえーと……」

「口説き文句ではありませんから、安心してください」

小鵬の笑みに、千花も愛想笑いをする。

「よく口説いているんですか?」

「そういうわけではありませんが、なぜか誤解を受けることが多いのです」

「大変ですね」

千花は真顔でうなずいた。

美しすぎるのも、厄介《やっかい》ごとを引きつける種になるのかもしれない。

小鵬が小首を傾げる。

「ところで、どちらにお勤めなのでしょうか」

「わたしは貴妃さまのところに勤めております」

「貴妃さまの。だから、御膳房にいらしたのですか？」

「ええ。貴妃さまに、自分の代わりに行ってくれと頼まれて」

澄まして答えながら、内心では冷や冷やした。自分のことを他人のように言うのは気恥ずかしい。

「貴妃さまは本当に料理がお好きなのですね。御膳房に入り浸っているという噂は耳に挟んだことがあるのですが、侍女にまで用を言いつけているとは」

びっくりしたような小鵬に、千花は密かにうろたえる。

（入り浸っているとまで噂されているなんて……）

千花としては、相当に我慢をして回数を控えているつもりなのだ。

とりあえず言い訳がましく応じる。

「ええ、お好きなんです。わたしがお話をするだけでお喜びになられて」

「それほどに厨房がお好きですか」

「はい」

千花はこれ以上自分について語らずにすむよう、話題を変えた。

「あの、嫻嬪さまのところにお勤めですよね。嫻嬪さまのご体調はいかがですか？」

この際とばかりにたずねた質問に、小鵬は大きくうなずいた。

「最近はお健やかにお過ごしですよ」

「それならよかったです」

「貴妃さまは嫺嬪さまが気になるのでしょうか」

じっと見つめられて、千花は目をぱちくりさせた。

「気になるとは？」

「その……不満でもおありなのかと」

心配そうに言われて、両手を大きく振った。

「まさか、そんな！　ただご心配をされているんです！」

「それならばよいのですが」

憂いがちに瞼を伏せる姿に、千花は見惚《みと》れる。

さながら、しっとりと露《つゆ》を含んだ百合《ゆり》のように艶《あで》やかだ。

「嫺嬪さまに忠実なんですね。ご立派です」

千花の賛辞に、小鵬は苦笑をして視線をはずした。彼が顔を向ける先は、後宮にある無数の建物だ。

「立派ではありませんね。ただ役目を果たしているだけです」

「それをご立派と言うのではありませんか？」

主に誠心誠意仕える部下は、得がたいものだ。特に後宮では、敵から買収をされる可能性もあるからだ。

小鵬は困ったように黙りこみ、しばらく風を受けてから、千花に微笑んだ。

「ここにいると、外の世界がずいぶん遠くに思えますね」

切なそうな表情に、千花は戸惑いながらうなずく。

「そうですね。後宮は穏やかだから」

本当は穏やかではないことを知っている。

ここは数知れぬ人間の欲望が渦巻く魔窟《まくつ》だ。

「天子の箱庭はいつもきれいに整えられている。ここにいたら、外でどんな騒乱が起きても、万の死者が出たとしても、きっと気づかないでしょうね」

ひとりごとのようなつぶやきに、千花は息を止めた。彼の言うことは、この国の問題の芯を言い当てているようだ。

小鵬は気を取り直したように微笑した。

「呼び止めて、すみませんでした。長居をしては、貴妃さまに叱《しか》られてしまいますね」

「いえ、そんな」

「芳華宮まで送りましょうか？」

心配そうに言われて、千花は大あわてで両手を振った。

「だ、大丈夫です！　ひとりで戻ります！」

一緒に芳華宮に戻って、貴妃さまに呼び止めた詫《わ》びをしたいなどと言われでもしたら困る。芳華宮でも、一部の側仕えしか、千花が化粧をとったら別人さながらに変貌するとは知らないのだ。

逃げるようにその場を離れる。階に足を下ろす前に小鵬の背を見た。

その背がなんだか寂しげで、ほんの束の間、目を離せなかった。


中秋まであと八日になった。

千花の前に宦官がやってきて、冊子状になった各宮の決算書を置いていく。

「さて、誰が一番経費を減らしたかしら」

千花は各宮の名が表書きされた決算書をめくっていく。

これまでの平均の経費と比較して、一番減らした者が玄覇と食事をできるし、うまくいけば侍寝できる――かもしれない。

「貴妃さま、あたしが調べたこと、ちゃんと考慮に入れてくださいますよね」

千花のそばに立つ佳蕊が、まるで見張りのように凝視してくる。

「佳蕊、失礼ですよ」

詠恵は、蓋碗を邪魔にならない位置に置くや、佳蕊をたしなめた。

千花は右手で紙をめくりつつ佳蕊をなだめる。

「大丈夫よ。佳蕊の報告は理解してるから」

「どの妃嬪も、実家の援助を受けて経費の足りない分を補塡《ほてん》してるんです。それで減らしてるって評価されたら、インチキですよ」

唇を尖らせていた佳蕊は一転、胸の前で手を握り合わせて目をキラキラさせた。

「ところが、嫺嬪さまは違うんですよ！　徐家は嫺嬪さまに援助をしてないんです。嫺嬪さまは、ひとりで努力してるんですから！」

千花は一冊目の決算書を確認し終わり、二冊目を手にとった。

「佳蕊、嫺嬪に惚《ほ》れたの？」

ずばりとたずねると、用もないのに室内にたむろっていた侍女たちがざわついた。

「もちろん、あたしの第一は貴妃さまです。でも、嫺嬪さまの侍女から話を聞いているうちに、嫺嬪さまの健気さに泣けたっていうか……推せるって気になったんですよ！」

不穏な空気を和ませようとしているのか、さらに悪化させようとしているのか、佳蕊が焦ったように言う。

「そうなんだ」

「貴妃さま、あたしが奪《と》られるって不安にならなくてもいいですからね」

「わたしは心配してないけど、みんなが心配してるんじゃないかしら」

佳蕊を侍女たちが取り囲んで問いつめている。

「いや、違うって！　あたしはみんなのモノだから！」

佳蕊の言い訳は、浮気性の男と何も変わらない。

必死の佳蕊をほっといて、決算書をめくり続ける。

詠恵がそばで覗《のぞ》きこみながらたずねる。

「貴妃さま、いかがですか？　有望そうな方はいらっしゃいますか？」

「見かけはちゃんと減らしてるけど、実家の援助があると知ったらね」

「やはり妃嬪のみなさまに経費を減らせという要求は難しかったのでしょうか？」

詠恵は頰に手を当て思案顔だ。

「そうね。考えろというだけじゃだめだったかも。具体的に教えないと、経験のない人にはわからないわよね」

「貴妃さまは、商売をなさっていたから、お金の使いかたをよくご存じですもの」

「商売をするって、すごく大変だから。仕入れた材料費は原価でしょ。それに儲《もう》けをのっけて売るわけだけど、どれもこれも一律に儲けをのっければいいってわけでもないのよね。これは目玉っていう料理は利幅を低くして客寄せにしたり、その代わりに他の料理で稼ごうかって考えたり……。色々、工夫が必要なのよ」

二冊目を確認してから三冊目を開く。

右手で頁《ページ》をめくりながら左手で右肩を揉もうとすると、詠恵がすぐに背中側に回り、肩を揉みだした。

「詠恵、ありがとう」

「礼には及びませんわ」

「詠恵には色々感謝してるのよ」

陪嫁人でもないのに、おまけに本物の寵姫でもない千花に親身になってくれる。

「わたくしは貴妃さまにお仕えしているのが楽しいんです。ですから、お礼などよしてください」

詠恵の言葉がうれしい。

「詠恵のおかげで、わたしも後宮でなんとかやっていけるのよ」

「貴妃さまを助けられているなら、よかったですわ」

傍らでは、佳蕊が侍女たちひとりひとりを抱きしめて慰《なぐさ》めている。

（ああいう解決方法でなんとかなっちゃうのがすごい）

こんど玄覇にも勧めてみようと思いながら三冊目を確認し終わる。

詠恵に肩を揉んでもらいながら確認を続け、最後に残ったのが順貞宮の分になった。

「さて、いくわよ」

息をこらして確認していくが、最後の頁に辿りついたときには、晴れやかな顔になった。

「貴妃さま？」

佳蕊がそろりとたずねる。

「よかったわね、佳蕊！　嫻嬪が一番減らしてたわ！」

「やったーって、だから、あたしはみんなのモノだって！」

佳蕊がまたもや侍女たちを順番に抱きしめている。

それを傍目《はため》で眺めてから、茶を一口飲んだ。

詠恵が満足そうに微笑む。

「これからどうしますか？」

「宦官をひとり順貞宮に使いに出して。妃嬪には明日の朝礼で発表する」

「皇上には？」

「もちろん、わたしが今から報告に行くわ。さて、皇上には覚悟を決めてもらうわよ」

茶を飲み終わって立ちあがる。

詠恵が冊子を全部持とうとするので、千花は半分を請け負った。

「貴妃さまに持たせるなんて」

「いいのよ。これは、わたしが証拠として突きつけなきゃいけないものなんだから」

千花は双眸《そうぼう》に気合をこめた。

「さ、行くわよ」

「お供いたします」

意気揚々《ようよう》と部屋を出る千花の背に、佳蕊の声援がぶつけられる。

千花は胸のつかえがとれたように軽い足取りで芳華宮の外に出た。

三日後。玄覇が徐嫻嬪と食事を共にすると決まった日。

千花は起床すると、鏡の前でいそいそと身支度を整えた。

「それにしても、どこの世界に皇上と他の女を取り持つ寵姫がいるんでしょうね」

佳蕊の呆れたような声を聞き、詠恵に化粧されながら千花は答えた。

「佳蕊だって喜んでいるでしょ。嫻嬪が皇上に寵愛されるかもしれないことを」

「ちょっと違うっていうか……。嫻嬪さまの努力が認められたことはうれしいですよ。でも、貴妃さまの寵姫の座が奪われるのは困るんですよね」

「そのときは、嫻嬪に仕えたらいいじゃない」

「あ、そっかーって、そうなるわけないでしょ！」

佳蕊が詠恵に指示される前に頬紅《ほおべに》を手渡し、白粉《おしろい》を受け取っている。

息の合ったやりとりを鏡越しに見ながら指摘する。

「でも、この国で理想的とされる妻って、他の妾たちにも目配り気配りして、夫の寵愛が偏らないように差配できる人なのよ」

「そんなの偽善ですよ。どこにそんな女がいるんですか？」

佳蕊の言うことは、もっともだ。

「いてほしいと思っているのは男だけですよ、きっと」

佳蕊が不満げに続けるものだから、ついなだめてしまう。

「女こそでしょ。正妻にとっては不快だけど、妾にとっては都合のいいことじゃない」

「男が押しつける理想より、女が押しつける理想のほうが厄介ですよねぇ。自分がやってみろって話ですよ！」

佳蕊がぷんぷんと怒っている。

「どうしたの、佳蕊。女の子の機嫌をとっているうちに、やさぐれちゃったの？」

「やさぐれてなんかいませんよっ」

「佳蕊、失礼ですよ」

詠恵のやさしげな注意を聞き、千花は唇を閉ざした。化粧もしにくいだろう。

化粧を済ませ、髪を結い、筒袖《つつそで》の襖裙《おうくん》を着る。

朝食の粥《かゆ》を食べてから、まずは大光殿へと向かう。

張りきって執務室に入ったが、中はどんよりと重たい空気が立ちこめていた。

俊凱は素知らぬ顔で上奏文の整理をし、無忌も部屋の隅で彫像のように突っ立っている。

部屋の主の玄覇は黙々と上奏文に書きこみをしていた。そろそろと近づき、万福礼をする。

「皇上にご挨拶をいたします」

「なんの用だ」

玄覇は顔を向けてすらくれない。

「今日はその……おわかりですよね？」

不機嫌そのものの態度に気圧《けお》されつつたずねてみる。

「嫺嬪が飯を食うのに付き合えばいいんだろう」

「認識がまちがってます。一緒に楽しく食事をするんですよ？」

目的を理解していないのではないかと心もとなくなってくる。

玄覇が目の端で千花を捉えた。つららのように冷ややかな視線に、心臓を射抜かれた気になる。

「わかった。一緒に楽しく食事をしよう、金州の民のために」

「よ、よかったです。嫺嬪もきっと喜びますよ。すごくがんばっていたんです！　皇上への忠誠心もあるみたいだし。あーいいなぁ！　わたしも、嫺嬪みたいなお嫁さんがほしいなぁ！」

場を盛り上げようとするが、誰も一言も口を挟んでくれない。

むしろ刺々《とげとげ》しくなるばかりの空気に、助けを求めて詠恵に視線を向けた。

彼女は困ったように微笑んでから言った。

「嫺嬪さまはすばらしいお方ですから、きっと心和むひとときを過ごせるはずですわ」

「ほらね、聞きました？」

「そんなに言うなら、おまえが嬪嬪と飯を食えばいい」

「わたしが一緒に食べても意味がないんですよっ。皇上じゃなきゃダメなんですからっ」

血の気が上がっていく千花に対し、玄覇は愛想のかけらもなく応じる。

「だから、飯は食うと言っているだろう。だが、それだけだ」

下心を完全に見透かされ、千花は喉に息をつまらせる。言葉が出ない千花に、玄覇は唇の端を持ちあげる意地の悪い笑みを見せた。

「侍寝は絶対にない。嬪嬪にも伝えておけ」

こめかみあたりの血量が増えた気がした。

「……わかりました。それでは、準備があるので失礼します」

平静を装い、くるりと背を向ける。

大光殿の正殿を抜け、門庭に至ってから、千花は深呼吸をした。

「貴妃さま、大丈夫ですか？」

詠恵が、横に並ぶや心配そうにたずねる。

千花はこぶしを握りしめ、口に当てた。

「……なんて性格の悪い皇帝なのよ」

「性格のよい皇帝など聞いたことがありませんわ」

詠恵のツッコミに、彼女の肩を摑む。

「せめて、おいしいお料理とお酒で隙を作る！　それしかないわよね？」

徐嫺嬪を助けるための力添えが必要だ。

「美食と美酒は心の壁を薄くする効果はありますわ」

「じゃあ、がんばる！」

詠恵が不思議そうにした。

「貴妃さまがそこまで励む必要はないのではありませんか？」

確かに不思議なほど闘志が燃える。千花は少し考えてから、答えた。

「だって、悔しいじゃない。勝負はすでに決まったみたいな顔をしてるのよ。それに、わたしが侍寝を餌に嫺嬪を釣ったのは確かだもの。せめて……添い寝くらいはしてもらわないと」

単に食事をして終了だったら申し訳ない。

「とりあえず嫺嬪の様子を見に行ってから、御膳房に向かうわ」

「そういたしましょう」

千花は大光殿を出て順貞宮へと向かう。

途中、韋賢妃《いけんひ》に会って涙ぐまれ、張僖嬪《ちょうきひん》と取り巻きに囲まれて延々と嫌味を言われ、散歩中の蘇康嬪《そこうひん》がお茶に誘ってきた。

なんとなく疲労を覚えて順貞宮へ赴いたが、徐嫺嬪は気もそぞろな様子で、かえって邪魔になりそうだったから、さっさと御膳房に向かう。

出迎えてくれた清恩に手を合わせた。

「今日はよろしくお願いね」

「ええ、もちろんよ」

返答は前向きなのだが、清恩の表情は浮かない。

千花はまじめな顔をして手をすりあわせた。

「今日は皇上が嫺嬪を見初めるか否かの大事な日なの。おいしいお料理で心の防御壁を薄くする……。それがわたしの目的なのよ」

千花の返事に清恩は頬に手を当てた。

「まあ、貴妃さまがそう言うなら腕によりをかけて作るけど……。大丈夫？　本当は嫌なんじゃないの？」

訊かれて、思わず胸に手を当てた。

(まずい。本物の寵姫だったら、こんなことしないし、したとしても悲しそうに振る舞うもんよね)

千花のように、皇帝と他の女をくっつけようと前のめりな寵姫などいるはずがない。

仕方なしに瞬《まばた》きを増やしてみせる。

「大丈夫……。わたしは、皇上の幸せが一番だもの」

「そ、それならいいけど」

清恩が引いている。

あんまりやりすぎると、つけ睫毛《まつげ》がとれてしまいそうだ。

千花は瞬きをやめ、ちょっとだけ悲しそうに言ってみた。

「それじゃ、一品作っていい？　いえ、わたしは悲しいんだけど、ふたりのために心づくしの皿を一品くらいは提供したいなって」

「料理ができる言い訳ができてうれしそうね。いいわよ、どうぞ」

「うれしくないわ。悲しいんだけど」

「悲しいのね、がんばって」

清恩は達観した顔で千花の肩を叩いた。

きっと、謎すぎる寵姫だと思われているのに違いない。

千花は御膳房の隅の作業台に陣取った。他の厨師は寄りつかないから、安心して燕窩《つばめのす》の調理に取りかかる。

すでに戻してもらった燕窩を、水を張った盥の中で丁寧に洗いながら羽根や異物を取り除く。

詠恵が傍らで見守りつつたずねる。

「貴妃さま、それは？」

「燕窩《つばめのす》と魚のすり身でこしらえた鴛鴦《おしどり》を一緒に湯《スープ》で煮て、鴛鴦官燕《えんおうかんえん》を作るの」

燕窩は女子の美容にいいし、鴛鴦は夫婦和合の象徴だ。つまり、男女が分け合って食べるには、ピッタリの料理である。

「今回の宴《うたげ》は、男女の仲を盛り上げる、ですか？」

「男女の仲を盛り上げるお料理にしたのよ」

「具体的には、皇上の性欲を増進させたいなって」

小声で言うと、詠恵が目を丸くした。

「……皇上は、お身体的には問題なさそうですけれど」

「でも、わたしの師父が言ってた若い男とは違うもの。わたしの師父は、二十歳《はたち》くらいの男の頭の中は、女とヤルことしか考えていないって教えてくれたわ。だから、皇上と付き合うのにも難色を示してたのよね」

作業をしながら承之を思いだす。恋人のフリをするのだと伝えたときは、ものすごく嫌がった。まかりまちがっても身体の関係は持つなと忠告されたし、玄覇を見る目は少しも友好的でなかった。眼光には常に不信が宿っていたのだ。

「それなのに、皇上は師父が教えてくれたのとは全然違うわ。これはきっと、仕事のしすぎで性欲が減退しているのよ。具体的には、疲労で身体がおじいちゃんみたいになっているんだと思う」

「おじいちゃん、ですか……」

詠恵が噴きだしそうなのをこらえている。いつもそつなく微笑みを浮かべるものの、大笑いはしない詠恵には珍しい表情だ。

「そうよ。身体を燃えあがらせれば、心も燃えあがるはず。そこに美人がいたらどうする？　寝台にがばっと押し倒したくなるはずよ……！」

うっかり燕窩を破かないように指先の力を調整しながら洗い終わり、千花はふうと息を吐いた。

「料理でふたりの仲を支援する……。厨師として腕の振るいがいがあるってものだわ」

「世の寵姫が言わない台詞《せりふ》ですわね」

「まあね。でも、ほら。わたしはそこらの寵姫とは違うから」

しがないやとわれの身。だが、金をもらうからには、しっかり仕事をするつもりだ。

（次の寵姫候補を見つけるのも、重要な仕事じゃないの）

だから、今回の宴には、それなりの意気ごみを抱いている。

燕窩の下ごしらえが済んだら、魚のすり身をつくる。

三枚おろしにした魚の小骨を丁寧に取り除き、両手に菜刀《ほうちょう》を持って、まな板の上で細かく叩く。つぶした魚に卵白と塩を混ぜ、丸形にしたものと鴛鴦の型に入れたものを蒸す。

燕窩《つばめのす》も蒸したら、丸形のすり身の上にのせる。鴛鴦の型に入れたすり身に、糸のように細く切った胡蘿蔔《にんじん》や香菜を貼りつけて鳥の模様を描く。

皿に彩りよく盛ってから熱々の湯《スープ》を注げば、できあがりだ。

「おしゃれにできたじゃない」

「まるで燕窩が水面に咲く花のようですわ」

「鴛鴦が合間を泳いでいるみたいでしょ」

工夫が凝《こ》らされた盛りつけは目に楽しく、淡白な燕窩と上品なすり身に味わい深い湯の取り合わせは、胃袋にしっくりと落ち着くだろう。

「さて、他の準備はどうかな」

千花が考えた菜譜《さいふ》どおりに厨師たちが料理をこしらえている。

胃の入り口を開きそうな紅焼《しょうゆに》の香りをかいだあと、千花は御膳房を出た。

（よし、いい感じ）

いったん芳華宮へと戻り、めまいがすると言い訳をして部屋に閉じこもる。

分厚い化粧をとって、衣を侍女たちが着る無地の襖裙に替える。髪に飾るのは、絹の造花だ。金銀宝玉は侍女の髪を飾るのにふさわしくない。

存在感なく部屋の隅に佇《たたず》んでいそうな侍女の姿が完成したところで、千花は芳華宮の茶《ちゃ》水間《すいま》から外に出た。

（……わたしはお邪魔虫じゃない。皇上を密かに守るために侍女になるんだから）

ありえない、と考えてはいるものの、徐嫻嬪が刺客になるかもしれないし、玄覇が彼女を足蹴《あしげ》にするなんて最悪の事態が起こるかもしれない。

なんにせよ、場合によってはふたりのどちらかを身を挺《てい》して守るために、千花は宴に立ちあうつもりなのだ。

陽《ひ》が西に傾いた空は、水色の絹地に切れ切れの雲が広がっているようだ。

宮の建物と通路を隔てる高い紅墻《かべ》のそばを、うつむき加減に歩いて大光殿へと向かう。

出迎えた下っ端の宦官に貴妃の言いつけで来たと告げれば、大光殿の居間へと案内してくれた。

誰もいない部屋の室内を確認する。

飾り棚に品よく飾られた青磁の香炉《こうろ》と天目の茶碗。花台に置かれた花瓶《かびん》には、咲き初めの秋海棠《しゅうかいどう》が生けられている。桃色の可憐《かれん》な花がやさしげで、心が和むようだ。

入ってきた中年の宦官が卓を拭きだしたのを見て声をかける。

「この秋海棠、すごくすてきね。あなたが飾ったの？」

「いえ、嫻嬪さま付きの宦官が持ってきたんですよ。小鵬と名乗っておりましたが」

「小鵬が……」

徐嫻嬪が寵愛を受ける手助けになるかと思ったのだろうか。

ずいぶんと気が利くと感心すると同時に、秋海棠の別名を思いだす。

断腸花《だんちょうか》というその名は、愛《いと》しい男を待つ女が断腸の思いで流した涙を受けて咲いたといわれているためだ。

(皇上と会うのを待ちわびた嫻嬪の想いをあらわしているのかしら)

泣きぬれた美女を思わせる花だが、この花は意外と繁殖力が強い。おまけに葉や茎には毒があり、飢《う》えた子どもが山菜とまちがえて食べ、中毒する例があるという。

「嫻嬪さまがお好きなのかもしれませんな」

宦官が愛想よく言うため、千花はうなずいた。

「そうね、愛らしい花だもの」

「しかし、皇上が花に気づくかどうか。昨日からずっとご不快でいらして、みな腫《は》れものにさわるようにしておりますよ」

「そ、そうですか」

千花は頬を引きつらせた。

(さすが皇帝。ご不快だとみんなが気を遣ってくれる……)

それにしても、どうしたらそんなに女嫌いになれるのか。

(よほど手ひどくフラれた経験でもあるのかしら)

それくらいしか思いつかない。

千花は、彼が考える女としては規格外だからマシな対応をしてもらえるのだろう。

「か、嫻嬪さまはお美しいから、ご一緒に過ごせば、皇上のご不快も解消されるかもしれません」

と言うと、宦官が怪訝《けげん》な顔をした。

「貴妃さまはどうされていましたか？　拝察するのも恐れ多いことですが、その……あまり気持ちのよいことではないかと存じますが」

歯切れの悪い物言いを聞き、腋に冷や汗が滲む。

（また変な感じにしちゃった……）

貴妃の侍女であれば、この状況は不満の一択に違いないのだ。

「き、貴妃さまは、後宮の監督者であらせられますから、他の妃嬪がたのことも気にかけていらっしゃいますわ。それこそ、えーと、嫻嬪さまに天寵を分け与えられることをお喜びになってますもの」

必死の言い訳に、宦官が驚いた顔をする。

「それはご立派な。貴妃さまは後宮の頂点にある者として、最上のお考えをお持ちでいらっしゃる」

「そうでしょう、あれでも色々考えているんですよ」

自分を擁護《ようご》するのは、身体中が痒《かゆ》くなりそうだが、我慢する。

「では、皇上がご不快なのは、貴妃さまのそのような態度にあるのでしょうか。本音では、嫉妬《しっと》で身悶《みもだ》えしてほしいのかもしれません」

「は?」

千花は首を傾げた。

「嫉妬というのは、あまり望ましくないものではありませんか?」

「それはそうですが、好いている女が、自分が他の女と過ごしていることをなんとも思わないというのも、寂しいものですからなぁ。もしかしたら、自分を本気で好いていないのではないかという疑いの気持ちが芽生えるのではありませんかな」

宦官が得々と語る。

「なるほど」

彼の言うことは一理ある。

(でも、わたしは偽寵姫だし、やきもちを焼いてくれないから腹立たしいなんてことある?)

少なくとも、玄覇には当てはまらないだろう。

(女嫌いなのに、変な仕事を押しつけられたと怒ってるんだわ)

ただし、ここは愛されすぎている貴妃に安堵する侍女が必要な場面だ。

「それならよかったですわ。安心しました。貴妃さまはあれで皇上のことが大好きなんですよ。でも、涙を呑《の》んで今回の宴の手配をなさったんです」

「そうですか。やはり貴妃さまも耐えていらっしゃるのですね」

「そうなんです」

しんみりとした表情をつくって付け加える。

宦官が何度もうなずいた。

「わかりました。皇上が嫻嬪さまを侍寝にまでお召しになるかわかりませんが、本日はせいいっぱいお手伝いをいたします」

「よろしくお願いします」

料理を運んだり、取り分けたり、宦官の仕事は多いのだ。

千花はふたりに近寄るのも憚《はばか》られるので、すみっこでじっとしているつもりだが。

ともあれ、宴がはじまるまでは仕事があった。

四宝堂《しほうどう》に赴いて飾る画を選び、茶水間に足を運んで供する茶を指定し、運ばれた料理の温めなおしを指示する。

千花の仕事があらかた済んだころ、軒《のき》先に灯籠《とうろう》が灯《とも》される刻限となった。

室内もふんだんに明かりが灯されて、なんともいえず趣がある。

千花は卓が見える部屋の端に控えると、芳華宮の侍女がしているように微動だにせず立つ。

むろん、侍女たちはぼうっと立っているわけではない。主の様子を探りながら、いつ用を命じられてもいいように、耳を澄ませておく必要があるのだ。

「娴嬪さまのおなりです」

宦官が大光殿に到着した徐娴嬪を居間に案内する。

小鵬を伴ってやってきた徐娴嬪は、松葉色の襖と桂花色の裙を着ていた。秋海棠に似た花の織文様が入り、金糸で小鳥の刺繍《ししゅう》がされている。

髪は結い上げ、花鳥の銀簪《ぎんしん》が飾られていた。

徐娴嬪は卓のそばに立ち、気もそぞろな様子で小鵬に話しかけた。

「これでいいと思う?」

「おきれいですよ、娴嬪さま」

小鵬は徐娴嬪の簪の傾きをほんの少し直している。

正直、何もしなくてもよさそうだが、彼女をなだめるためにやっているのだろう。

しかし、徐娴嬪はなおも不安そうに衣を見直した。

「派手すぎないかしら。皇上は経費を削減せよと命令するくらいなのよ」

「貴妃さまは、もっと派手な衣を着ていらっしゃいますよ」

小鵬の指摘に心臓が喉から飛びでそうになる。

(いや、あれは立場上必要だからで……。というか、わたしが地味にしたら、みんながも

っと地味にしなきゃいけなくなるじゃないの）

後宮というのは上下の弁別にうるさいので、千花を超える装いを他の女たちはできないのだ。

徐嫻嬪が唇を噛んだ。

「貴妃さまは特別だもの。君寵をただひとり浴びていらっしゃる。この間の乞巧奠のときにわかったわ。皇上は貴妃さましか見ていらっしゃらないのよ」

複雑な表情を隠さない徐嫻嬪に対し、小鵬はなだめるように微笑んだ。

「今日の嫻嬪さまをご覧になれば、きっとお心も変わるはず。満開の牡丹《ぼたん》といえども、ずっと見ていれば飽きます。秋海棠や菊の美しさを一度でも愛《め》でれば、きっとそのよさをご理解いただけるでしょう」

「……そうかしら」

徐嫻嬪は半信半疑といった風情《ふぜい》だ。

「嫻嬪さま。徐家のためですよ」

力をこめた小鵬の励ましに、徐嫻嬪は表情をあらためた。

「そうね、そうよね。徐家のため……。お父さまがおっしゃっていたもの。徐家は建国の武功により取り立てられたのだから、宗室を永遠に支えるのが役目だと」

まるで自分を奮い立たせる呪のように唱えている。

そのとき、大光殿付き宦官が入ってきた。

「皇上のおなりです」

徐嫻嬪の表情がとたんに強《こわ》ばる。

（笑顔――――！）

内心で叫んだ。が、やきもきする間に、玄覇が宦官を連れて入室する。

「……皇上にご挨拶いたします」

徐嫻嬪が万福礼をする。膝《ひざ》を曲げた姿勢の彼女を玄覇が上から下まで眺めた。

（これは!?）

何か特段の反応を示すかと思ったが、玄覇は無表情のまま告げる。

「楽にせよ」

「ありがとうございます」

龍顔《りゅうがん》を直視しないようにうつむき加減の徐嫻嬪は、大ぶりの百合を思わせる。すっきりとした眉の下の黒目がちの目にはいつもの強い光はなく、緊張を漂わせていた。

「嫻嬪、座っていいぞ」

「は、はい」

小鵬の手を借りて、徐嫻嬪は椅子に座る。小鵬は椅子の背後に控えると部屋を見渡し
――千花に気づいて目を丸くした。

（見張りじゃないから。万が一のときの保安要員よ）

聞こえるはずもない言い訳を心の中で繰り返す。

徐嫻嬪が玄覇に危害を加えることはないと信じている。

だが、もしも――ありえないはずだが、玄覇の身に危険があれば、盾《たて》にならなければならない。

（そのためのやとわれ寵姫なんだから）

小鵬は何か言いたげな顔をしたが、ふいと目を逸らした。

こんな場では言葉を交わすこともできないから、やきもきしながら立っているしかない。

宦官たちが次々に皿を運んでくる。

卓に並べられた皿を一瞥《いちべつ》したとたん、玄覇が眉をきつく寄せた。

「なんだこのじじいが食いそうな飯は」

それから千花に顔を向ける。

（こっち見てる――！）

首謀者は誰か、一見して理解したのだろう。

徐嫻嬪も戸惑ったように応じた。

「……精がつきそうな料理ですわね」

御膳房の厨師たちが技術を駆使してこしらえた皿や鉢《はち》からは、食欲をそそる香りが漂っている。

強壮効果がある人参《にんじん》と丸鶏《まるどり》を味わい深い湯《スープ》で煮た煮こみは、むちっとした鶏の肉感が旨《うま》そうだ。滋養強壮に覿面《てきめん》といわれる海参《ほしなまこ》の紅焼《しょうゆに》は、はしりの葱《ねぎ》の風味を効かせて香り高い。口直しには、蝦仁《むきえび》と茶葉の炒《いた》めもの。さっぱりとした緑茶の香りと蝦仁の旨みが絶妙な組み合わせだが、蝦仁には体力回復の効果もあるといわれている。

極めつきは、人参と紅棗《なつめ》と甲魚《スッポン》の煮こみ。どの素材にも疲労回復と滋養強壮の効果がある最強の組み合わせだ。

おまけに、各料理を煮るときに、味を邪魔しない程度に海馬《たつのおとしご》を煎《せん》じたものを混ぜてもらった。

内臓をとって乾燥させた海馬は強精効果が絶大で、男の精力を増強し、女の不妊にも効果があるといわれる生薬《しょうやく》だ。非常に高価で、なかなか庶民には手が届かない。しかし、皇帝をも診療する太医院《たいいいん》は所蔵していたから、分けてもらったのだった。

（これで絶対に元気がでるはずよ！）

やりすぎ感は否めない。なんせ、料理をつくる若い厨師のひとりは、『こんなの食べたら、寝られなくなりますよ!?』と叫んでいた。

（身体が熱くなれば、心も熱くなる……！　これを全部食べたら、とてもひとりで寝台に横たわる気持ちにはなれないはず）

そんなときに美女がそばにいたら、どうなるか。

火を見るよりも明らかだ。

「これは貴妃さまからの一品です」

宦官が運んだのは、鴛鴦官燕《えんおうかんえん》。徐嫻嬪がうれしそうに微笑んだ。

「まあ、かわいらしい」

玄覇がまたもや千花を睨《にら》んでいる。

（こっちを見ないでってば）

徐嫻嬪に正体がバレるではないか。ここでふたりを見張っているなんて、性根が悪い女にほかならない。

先ほど会話した中年の宦官が料理を小皿にとりわけ、若い宦官が脚《あし》のついた盃《さかずき》に酒を注ぐ。

食事をする準備が整ったところで、玄覇が渋々といったふうに盃を持ちあげた。

「嫻嬪、余の命令に従い、よくやった。今日は褒美だ」

徐嫻嬪が頬を上気させて盃を持ちあげる。

「お褒めのお言葉をいただき、感謝をいたします。皇上にお仕えするのは、徐家に生まれた者の誉《ほま》れですわ」

「……そうか。では、飲もう」

玄覇はそっけなく応じると、盃を傾ける。

徐婕妤は口元を袖で隠しながら酒を飲んだ。

それから料理に箸《はし》をつけだしたが、玄覇は黙々と食べるだけで、徐婕妤に話しかけようともしない。

(ちょっと――――!?)

見守る側がやきもきする。

徐婕妤はちらちらと玄覇に視線を送りながら、料理をつまんでいる。城門を鎖《とざ》した城市《まち》を攻めあぐねているように。

それでも、突破口を探るように口を開いた。

「皇上、今日のお料理は、もしかして貴妃さまの発案なのでしょうか?」

徐婕妤の質問に、玄覇が無表情で応じた。

「こんなに意図がわかりやすすぎる料理を作らせるのは、あいつだけだ」

それから、千花をまたもや睨んできた。

(だから、こっちを見ないでってば)

バレるではないか。これでも、空気のように存在感をなくしているつもりなのだ。

「……貴妃さまは、乞巧奠の折に、わたしを助けてくださいました。あのときは驚きましたが、本当に感謝をしております」

徐嫻嬪の言葉に、玄覇は彼女を見つめた。

「寿陽大長公主は、いつもああなのか？」

「は……いいえ、違います。寿陽大長公主さまは、その……厳格な方ですから、わたしがいつまで経っても皇上のお役に立てないことに苛立《いらだ》たれたのだと思います」

小声の返事に、玄覇は鼻を鳴らした。

「だからといって、公《おおやけ》の場でそなたを侮辱《ぶじょく》するのは愚《おろ》かな振る舞いだろう」

徐嫻嬪がきまり悪げにうつむいたあと、思い切ったように顔をあげた。

「皇上、お願いがございます。その……弟を……柏林を、皇上のお側付きにしていただくことはかないませんか？」

玄覇が指で盃を指し、宦官に酒を注ぐように指示をしている。

「柏林はまじめに勉学に励んでおります。経書も史書も学び終わりましたし、鍛錬もおろそかにはしておりません。きっと、皇上のお役に立てるかと思うのです」

徐嫻嬪は頬を紅潮させている。玄覇は、彼女からひたむきに注がれる視線を無視して盃を傾けた。

ハラハラしている千花には、玄覇が盃を卓に置いた小さな音さえ耳にひびく。

「……嫻嬪、後宮の規則《きまり》は知っているか？　皇帝と飯を食うとき、侍寝をするとき、妃嬪はどうするべきだ？」

冷ややかな問いかけに、徐嫻嬪が唇を閉ざしたあと声を震わせた。

「『食不語《しごはげん》、寝不言《きん》』です」

それは、食べ物を口に入れたまま対談しないし、寝床に入ったらしゃべらなかったという聖人の生活についての記録だが、後宮では違う意味の教訓となっていた。

妃嬪が皇帝と膳を共にする、あるいは侍寝をするときには、よけいなおしゃべりをしてはならないという規則だ。

「なぜ、こんな規則があるかわかるか？」

玄覇の追及に、徐嫻嬪は唇を嚙んでから答えた。

「……妃嬪が皇上に一族の口利きを頼まないようにです」

肩を落とした嫻嬪が気の毒で、千花まで落ちこんでしまう。

（食事のときと、房事の最中は気が緩む。だからこそ、妃嬪もおねだりをしやすい）

それを未然に防ぐためにも、私語は厳禁というのが後宮の規則なのである。

「そうだ。妃嬪と飯を食うたびに、寝るたびに、父親や兄弟、親戚の役職や品階をあげろという頼みを、皇帝が聞かずに済むようにするための規則だ」

玄覇の皮肉が耳に痛い。

室内にいる宦官たちも、物音を立てるのを恐れてか、微動だにできずにいる。

「はい……」

「つまり、余のための規則だということだ」

「皇上のための、ですか？」

意外そうな徐嫻嬪に、玄覇は重々しくうなずく。

「妃嬪の依頼にたやすく応じるのも問題だが、応じたあとに簡単に覆《くつがえ》すのは、もっと問題だろう。昨夜、おまえの父の品階をあげると約束し、一夜明けてからそれを取り消す。一度ならず何度も行えば、誰も余の言葉を信じなくなる。自分で自分の言葉の価値を棄損するのと同じだ。それを防ぐために、しゃべるなという規則ができた。わかるか？」

徐嫻嬪は深くうつむいてから、立ちあがった。椅子の脇で膝をついて、玄覇を見あげる。

「皇上のお教えに感謝いたします。妃嬪として軽率な発言をいたしました」

「わかればいい。もう座れ」

そっけなく命じられ、徐嫻嬪は椅子に戻る。

涙ぐんだ彼女を眺め、玄覇がため息をついた。

「……こんど、護国公に会ったときに、たずねておこう。柏林をどうする気なのかと」

十代半ばで護国公の弟ならば、そろそろ官途の入り口として兄の幕僚《ばくりょう》にでもなるころだろうか。幕僚は将軍や地方官が私的に雇う参謀や助手のようなものだ。

「……ありがとうございます」

徐嫻嬪が手絹《ハンカチ》を取りだし、目のふちを拭う。

彼女が落ち着くのを見計らってから玄覇は促《うなが》す。

「媩嬪、とにかく食べろ。食事が終わらん」

「は、はい……」

徐媩嬪が箸を手にして、料理を食べはじめる。

千花は肩を落とした。

(……もうおしまいかもしれない)

勢いにまかせて侍寝までしてもらおうと思ったが、雲行きが完全に怪しくなってしまった。

(いえ、あきらめるのは早いわ。料理を食べ終わったら、きっと身体が……というか、主に下半身が熱っぽくなって、やる気がわいてくるはず……!)

それを期待するしかないと見守っていれば、部屋の外に詠恵が立っているのが見えた。

もの言いたげな様子に、千花は足音を殺して彼女に忍び寄る。

ふたりで廊下の端に移動し、問いかけた。

「どうしたの、詠恵」

「芳華宮に至急の知らせが参りました」

「対応してくれたのね、ごめん」

千花はめまいがすると寝こんでいることになっているので、詠恵が報告を聞いたのだろう。

「何かあったの？」

詠恵は一瞬迷うそぶりをしたあと、ささやく。

「順貞宮の侍女が、戯楼《ぎろう》の近くで遺体で発見されたそうです」

千花はとっさに部屋のほうを振り向く。

思いもかけないできごとのために、今夜は別の意味で長くなりそうだった。

三章　月餅には秘密がある

宴《うたげ》が終わる頃合いに玄覇《げんは》と徐嫻嬪《じょかんひん》に報告し、千花《せんか》と詠恵《えいけい》は一足早く戯楼《ぎろう》に向かった。

外は暗く、詠恵が手にした提灯《ちょうちん》と天頂付近にある膨らみかけた月だけが頼りだ。

現場に近づくにつれ、提灯のおぼろげな光の重なりで、人だかりができているのがわかった。

池を巡る遊歩道を西側にはずれたところだった。

修築用の資材である塼《せん》や木材が重ねておいてあり、ふだんは誰も寄りつかない。

後宮の責罰を担当する宮正司《きゆうせいし》らしき者たちが、何かの周りを取り囲んでいる。

ドクンと心臓が鳴った。嫌な予感に襲われる。

まんなかに立っている細面の宦官《かんがん》が、夜の闇《やみ》を引き裂くように叫んだ。

「だから、違います！　俺はこの女を見つけただけです！」

「嘘《うそ》を言うな！　ここはふだんは人通りがない場所だ！　ここにいたからには、この女と関係があるに違いない！」

宮正司の証《あかし》である青色の曳撒《えいさん》を着ている宦官は、居丈高に断じる。

第一発見者らしい細面の宦官は、真っ青な顔で宮正司たちを見回している。

一対六で圧倒的に不利なためか、今にも卒倒しそうだ。

「待って、ちゃんと調べたの？」

千花は思わず口を挟んだ。宮正司は後宮の犯罪を取り締まる部署だが、拷問《ごうもん》までする荒々しさで有名だ。玄覇は拷問を禁ずると命じているが、千花は以前打擲《ちょうちゃく》されての取り調べを受けたこともあり、信頼度は限りなく低い。

宮正司の宦官の中でも首領らしき糸目の者が、露骨に侮《あなど》りの表情を浮かべた。

「部外者は黙っていろ」

「では、皇上より調査を命じられた臣ならば、少しは口を挟んでも許されるでしょうか？」

千花の背後からあらわれたのは、明かりを手にした宦官を連れた俊凱《しゅんがい》である。あとを追ってきたのだろう。

「呉《ご》学士ですか」

皇帝の側近である呉俊凱の登場に、首領が苦い肝《きも》を舐《な》めたような顔をする。

（因縁《いんねん》あるんだろうな……）

千花が宮正司の牢《ろう》に囚《とら》われていたときに毒見役をしていた関係で、俊凱と宮正司には浅からぬ縁ができているようだ。

「その女が嫻嬪さまの侍女《じじょ》ですか？」

宦官の中心に、微動だにしない女が仰向けになっている。

十代半ばくらいだろうか。目を閉じた娘は、鼻と口の間隔から鼬《いたち》を思わせる顔立ちだ。

（あのときの娘だわ）

徐嫻嬪が寿陽大長公主《じゅようだいちょうこうしゅ》に叱責《しっせき》されたとき、かばおうとしていた娘だ。

「……後頭部を殴られているようです」

首領がぶっきらぼうに説明すると、俊凱は女の首を軽く持ち上げて、後頭部の傷を確認している。それから顎《あご》の関節あたりをさわったあと、上半身のあちらこちらを押しだした。

首領が狼狽《ろうばい》して制止する。

「おい、何をしてるんだ!?」

「硬直の具合からすると、死後五、六時間ほど経《た》っているようですね。あなたがこの娘を発見したのは、いつですか？」

あっけにとられていた細面の宦官は、おそるおそる答えた。

「一時間以上は前かと思います」

「宮正司を呼んだのは誰ですか？」

「つ、連れが……」

「お連れの方はどちらに行かれたのですか？」

「連れの女官は宮正司のほうで拘束してある」

首領が偉そうに胸を張り、細面の宦官は気まずそうに身を縮めている。

「ああ、なるほど」

俊凱はたいして興味を惹《ひ》かれなかったのか、遺体とその周りを調べている。

目をぱちくりさせている千花の耳元に、詠恵がささやいた。

「おそらく対食ですわ」

千花は無言でうなずく。

（対食って宦官と女官が夫婦になることだっけ）

あまり推奨されない行いだと聞いている。

後宮内の風紀が乱れるのがひとつ、使用人が色恋にうつつを抜かすとは何事だという上の論理がふたつめだ。とはいっても、人間同士。互いに仕事をしているうちに情が生まれることだってあるはずだ。

女官は後宮内の役所に勤めており、各宮に仕える侍女とは役割が異なっている。特に大きな違いは、基本的に皇帝の夜の相手にはならない。だから、女官が宦官と恋仲になったとしても処罰を下されるわけではないが、手放しで歓迎されることはない。

宮正司が、細面の宦官に対して冷淡なのは、そのせいだ。

「こちらをご覧ください。暗くてよくわからないかもしれませんが、血がついています。

おそらくここに頭を打ちつけたのでしょう」

俊凱は、修築用の塼が積み重なっている一部分を連れてきた宦官に明かりを照らさせている。確かにどす黒く変色していた。

「頭を打ちつけた？」

「ええ。ですから、殺されたとは断言できません。事故の可能性もあります」

俊凱の返事に、首領が眉をひそめる。

「事故だと？」

「そう――」

俊凱がちらりと視線を動かした。

徐嫻嬪が小走りにやってくる。

「嫻嬪さま、危のうございます」

横について提灯で前を照らす小鵬《しょうほう》が制止するが、徐嫻嬪は一向に止まる気配がない。勢いに押されるように周囲が場所を開ければ、徐嫻嬪は死体のそばでひざまずいた。

「小鶯《しょうおう》、どうして？　どうして、こんなことに」

侍女の頰《ほお》を両手で包んで、徐嫻嬪は涙を流している。

小鵬が提灯を持っていないほうの手で彼女の肩を摑《つか》んだ。

「……侍女が不幸にも死んだだけです。嫻嬪さまが嘆くことはありません」

徐娴嬪は、涙にくれた顔で小鵬を見あげた。

「わたしたち、一緒に育ったじゃないの！　どうしてそんなことを言えるの!?」

徐娴嬪は侍女の胸にすがりついて泣いている。

宮正司たちは、どうしていいかわからず互いに顔を見合わせていたが、首領が俊凱に一歩近づいて小声でたずねた。

「なぜ殺されていないと判断できる」

「血がついた位置を見てください。彼女が直立したら頭と並行になる位置よりもやや低いところに血がついている。小鶯が頭を拘束されて打ちつけられたなら、あの位置に血はつきません。足を滑らせて運悪く頭を打ったとしたら、ちょうどあのあたりに頭をぶつけるだろうと推察されます。くわえて、地面に乾いた細かい砂があり、足を滑らせやすくなっていますよ」

俊凱が沓《くつ》の底で地面を撫《な》でた。ザラザラと乾いた音が鳴っている。

首領が束の間言葉を失ったあと、再度質問を重ねる。

「つまり、ひとりですっころんだとでも言うのか？」

「ひとりですっころんだにしては、不自然な状況ですがね。あなたもおっしゃったでしょう。ここは人通りがほとんどないと。この区画が使われるのは、この間の乞巧奠《きっこうでん》のような外部の人間を入れた催《もよお》しか、戯楼《ぎろう》で芝居をかけるときだけです。それ以外だと、修築用の資材を取りに来るときくらいでしょう。なぜ、小鶯はここを訪れたのでしょうね。人があまり来ないとわかっているからこそ、そこの方も女官と逢引《あいび》きするために足を運んだのでしょうから」

顎でしゃくられて、細面の宦官はいたたまれないというように顔を伏せた。

「……つまり、小鶯は誰かと会うためにここに来たというの？」

徐嫻嬪が顔をあげて不安そうに俊凱を見つめる。

「嫻嬪さま。小鶯はお側付きだと拝察いたしますが、そうですか？」

俊凱の問いに、徐嫻嬪はうなずいた。

「では、用を命じましたか？　ここで済ませなければならないような用事です」

「そんな用は命じていませんわ」

「不在にするという旨《むね》を小鶯から告げられましたか？」

「いいえ、何も」

徐嫻嬪は落ち着かなく小鵬を見あげる。小鵬は安心させるように彼女の肩に手を置き、俊凱を睨《にら》んだが、俊凱はまったく気にした様子もなく詠恵に視線を向ける。

「質問する相手を変えましょう。呉姑姑《ググ》」

「はい」

神妙に返事をしたのは、詠恵である。姑姑は各宮の侍女の中でも頂点に立つ掌事《しょうじ》宮女を呼ぶときの呼称だ。

　俊凱が問いを投げかける。

「あなたは貴妃《きひ》さまのお側を離れるとき、何も言わずに離れますか？」

「通常は、行き先を告げてから離れます」

「黙って離れるのは、どういう場合ですか？」

　俊凱の質問に、詠恵は一拍の間をおいて答えた。

「貴妃さまに知られたくない用のときでしょうか。でも、長く離れるなら、行き先くらいは言いますわ」

　詠恵の返事のあと、夜の空気がまとわりつくような沈黙が流れた。

「……ではやはり、小鶯はここに誰かと会いに来たのね？　そして、その相手はわたしにも告げることができない相手だということなの？」

　徐嫻嬪が声を震わせて俊凱にたずねる。

　俊凱がなだめるように微笑《ほほえ》んだ。

「相手にしろ用事にしろ、嫻嬪さまに告げるのはためらわれるようなことだったのは確かでしょうね。くわえて、おそらくは短時間で済むと考えていたはずです。だから、嫻嬪さまに何も言わずに出て行ったのでしょう。少なくとも、ここで死ぬつもりはなかったはずですよ」

俊凱の返事に、徐嫻嬪は涙をポロポロと流しだした。

「もしも小鶯と最後に会った人間を調べるならば、順貞宮《じゅんていきゅう》の者たちから聞きこみをすることを推奨いたしますが」

俊凱が首領に告げる。彼は、うっとうしそうに舌打ちをした。

「事故なら宮正司の出番はない。帰るぞ」

部下に言うと、彼らはおとなしく首領に従おうとしたが、その背に俊凱が声をかけた。

「少々お待ちを。小鶯を運ぶ手伝いをしてくださいませんか。順貞宮に運んでやらねばなりません」

「なぜ俺たちが」

不満そうな首領に、俊凱は目を細めた。

「お手伝いをいただけたら、皇上にその旨をお伝えしておきましょう」

彼の一言に、宮正司の面々の顔が輝いた。

「ならば、手伝おう」

態度の激変には、褒美の期待があるのだろう。

後宮では、下の者は上の者にへつらい、常に顔色を窺《うかが》っている。それが階層ごとに幾重にも重なっている社会なのだ。

「嫻嬪さま、離れてください」

小鵬に指示され、徐嫻嬪はよろよろと立ちあがった。

柳のように細い徐嫻嬪の腰に腕を回して、小鵬はふらつく主を支えている。

宦官たちが小鷲の足と上半身を持って移動しだした。徐嫻嬪たちが追いかける。

「……あの、俺はどうしたら」

死体の発見者だった細面の宦官が、途方に暮れた様子で俊凱に質問している。

「すみませんが、もう一度、小鷲を見つけたときのことを教えてください。遺体は動かしていませんね」

「動かしてはいないです」

「触れてもいない？」

「当然ですよ。気味が悪い」

宦官は身体《からだ》を震わせている。

「見つけたとき、俺とあいつは悲鳴をあげて逃げかけて、揃《そろ》って滑って尻もちをついたんです……って、そういえば、あんたが言うように地面は滑りやすかったんだ」

宦官は感心したようにうなずいている。

「誰か他に姿を見たということは？」

「いいえ、ありません」

「わかりました。もう帰っていただいてかまいませんよ」

「あの、でも、あいつが……」

宦官はいっそう不安そうに俊凱と千花たちを見比べた。

俊凱は安心させるように微笑んだ。

「お連れの方ですね。では、一緒に宮正司に参りましょうか。解放してくれるようこちらから頼みます」

「そうしてくださると、ありがたい」

俊凱は千花たちに目礼すると、明かりもちを先に立たせ、細面の宦官と歩きだす。

ふたりきりになり、千花は詠恵を見つめた。

「……事故だとして、なぜ起こったのかしら」

小鶯が滑って転ぶように誰かが誘導したのだろうか。

「わかりません。……ただ、小鶯は気の毒なことですわね」

「そうね……」

まだ二十歳《はたち》にもなっていないだろうと思われる。

あんなに若いのに亡くなるなんて、不運の極みだろう。

「帰りましょう、貴妃さま」

「皇上への報告もしないとね」

手が空いている千花が一刻も早くするべきだろう。

「でも、皇上に会ったら、違う意味で怒られそうよ」

精力増強の菜譜《さいふ》を手ひどくこきおろされそうだ。

夜の道を歩きながら、ふと浮かんだ疑問を詠恵にぶつける。

「それにしても、呉学士はなんで死人の調査ができるの？」

「知県《けんちじ》や知州《しゅうちじ》は裁判をしなくてはなりません。そのときのために、検死の技術を身につけないといけないのですわ。赴任の際に指南書も持参いたしますし、兄は実際に岷州《びんしゅう》で経験しましたから」

岷州は玄覇と俊凱が出会った城市《まち》だ。

「官人ってなんでもできないといけないのね」

だから、玄覇はわざわざ俊凱に顔を出させたのだろう。とはいってもだ。

「……呉学士は何でも屋さんじゃないんだから、ちょっとは気を遣いなさいよって注意しようかしら」

千花の毒見をさせられたり、後宮の事件の調査をさせられたり、玄覇は俊凱に本業以外の仕事をまかせすぎだ。

詠恵は心がぬくもるようなほっこりとした笑みを浮かべた。

「兄を心配していただき、ありがとうございます。ですが、それよりも菜譜の言い訳を考えたほうがよさそうですわ」

「そうよねー」

今夜は玄覇と話すこともないだろうと高をくっていたのに、顔を合わせる羽目になるとは。

千花はこれから起こるであろう修羅場を思い、全身を小さく震わせた。


二日後。

千花は御膳房《ごぜんぼう》に寄って、手ずから甜点《デザート》を作った。

こしらえたのは、酒釀円子《しらたまいりあまざけ》である。米を発酵《はっこう》させた甘い調味料の酒釀《チューニャン》に餡《あん》入りの団子を浮かべている。団子の餡は干し果物やくるみ、松の実を刻んで砂糖と豚脂《とんし》で練ったもので、仕上げに赤いクコの実を散らす。

歯切れのいい団子と甘くて香ばしい餡の取りあわせが絶妙で、酒釀は発酵した米のやさしい甘さと香りがホッとさせる。クコの実のほのかな酸味のおかげで飽きずに食べすすめられるから、気分転換にいいだろう。

向かうのは、順貞宮。徐嫻嬪の見舞いに行くのだ。

「嫻嬪、元気になるかしら」

千花は小さくつぶやく。

小鶯の遺体は護国公府《ごこくこうふ》に送られた。侍女が死んだとしても宮中では葬礼など行わないのが常だ。実家に送るか、郊外の墓地に入れるかどちらかなのだ。

食籠《じきろう》を手に傍《かたわ》らを歩く詠恵が沈痛な表情で応じる。

「あの夜から寝台を離れられないそうですものね」

「佳蕊《かずい》が聞いてきた話だと、病気ではないみたい。とにかくすごく落ちこんでいて、寝台から出てこないし、話をするのは小鵬くらいなんですって」

詠恵がうつむいた。

「ただの主従という関係ではなかったのでしょうね」

「嫻嬪は、一緒に育ったと言っていたもの」

もしかしたら、友人のような間柄だったのだろうか。

「お見舞いには早すぎるとは思うんだけど……」

朋友《とも》が亡くなったのならば、まだ悲しみにひたっていたいはずだ。

「衛王妃《えいおうひ》さまがお越しになられているのが気になるのですね」

「うん」

衛王妃・徐碧珞《へきらく》は、徐嫻嬪の姉だ。昨日、見舞いのため宮中に入りたいという許可を求める書類が千花に届けられた。

男の身内ならば問答無用で入れないが、女の身内は時候の挨拶《あいさつ》や見舞いといった理由があれば入宮を許可する。許可を出せるのは後宮の監督者である皇后だけだから、皇后代理職の貴妃を務める千花が了承する旨を記入し、貴妃の印璽《いんじ》を押して返したのだ。

「衛王妃は乞巧奠に来なかったでしょう？　だから、どういう女《ひと》かと気になって」

「衛王妃はご懐妊《かいにん》中で、あのときは特に体調がお悪いと聞きましたわ。衛王殿下に嫁いで二年、ようやくできたお子ですもの。無理をしないようになさっているのでしょう」

「そうなのね」

千花はうなずいた。

「にしても、寿陽大長公主は、母親と仲が悪かった魏宸妃《ぎしんひ》の孫に娘を嫁がせたわけね」

「衛王殿下が至尊の座に近かったからでしょう。過去のいきさつには目をつぶろうと考えられたのでは？」

「なるほど」

さらなる情報を引きだすべく詠恵に質問する。

「恭王《きょうおう》も衛王も、先帝の有力な後継候補だったから、名家の令嬢を娶《めと》っているのよね？」

「名だたる貴族は、ほとんどすべてが娘か姐《あね》か妹を恭王府や衛王府に収めていますわ。おかげで、おふたりの王妃はころころ替わっております」

詠恵の返事に、千花は目を丸くした。王妃は正妻だ。そうそう替える意味がわからない。

「王妃が替わるって、なぜ？」

「気まぐれだとかなんとか噂《うわさ》されていますが、おそらくはそのとき一番役に立ちそうな方を王妃にしているのでしょう。その証拠に、恭王妃は腰斬《ようざん》の刑に処された楊弼《ようひつ》の娘でしたが、楊弼が失脚してまもなく、病のため王妃の務めを果たせないと妾妃《しょうひ》に降格されたそうですから」

「露骨ね」

千花は顔をしかめた。

元宰相《さいしょう》だった楊弼は、夏至《げし》のころ汚職や売官等多数の罪状を暴かれて、玄覇が腰斬の刑に処した。

楊弼に連なる親族も公職から追放されて、勢力はないに等しい。

恭王は、無用になった楊弼の娘に王妃の宝冠をかぶせておくのが惜しくなったのだろう。

「そんな薄情な人たちのお嫁さんになっても、得をするとは思えないけど」

千花のつぶやきに、詠恵がいたずらっ子な笑顔になった。

「嫁いだ方々は、行く末皇后になると思っていたはずですわ。後継争いは、ほとんど恭王殿下と衛王殿下に絞られたとみな思っていたのですもの」

「まさか、田舎にいた靖王《せいおう》殿下が玉座をかっさらうとは予想だにしなかったわけね。とんだ計算違いもあったものだわ」

千花の発言を聞いた詠恵が楽しそうに微笑んだ。

「想定外もいいところでしょうね」

「おまけに、あわてて後宮をこしらえて皇上を篭絡《ろうらく》しようとしているのに、わたしみたいなお邪魔虫がいるんじゃね」

皇族や貴族にとっては、とんでもない事態になっているのだろう。なんだか痛快になってくる。

「とにかく、いずれは皇后になるはずだと思っていた衛王妃の顔を見ておくのは必要よね」

「後学のためにもそうしたほうがよろしいですわ」

「本命は嫻嬪の見舞いだけれどね」

おしゃべりをしているうちに順貞宮に到着する。

用件を告げると、侍女がうろたえつつも寝間まで案内してくれる。

両開きの扉の向こうから、甲高《かんだか》い声が響いた。

「お母さまがおっしゃっていたわ。侍女の死体を送られても迷惑だって。どうしてこっちで処分しなかったの?」

侍女が硬直し、千花は足が止まる。

(……母親にそっくりだったかー)

聞いたことのない声と話の内容から衛王妃だと察する。

寿陽大長公主と同じ属性であることがわずか一言だけで伝わってきて、落胆《らくたん》をさそった。

「たかが侍女が死んだくらいで、いつまで寝ているつもりなの? この間は、皇上に侍寝《よとぎ》できる好機だったというのに、おめおめと逃したというじゃないの。どこまでも役立たずね。いつになったら、徐家のために働けるというのよ」

何やら応じる声がしたが、よく聞こえない。

対する衛王妃の声がいっそう高くなった。

「お父さまも本当に迷惑な方だったわ。どこで拾ったかもわからないような薄汚い孤児を護国公府に連れてきて、わたくしたちと一緒に育てるなんて。お母さまがお怒りになったのも当然よ。それにしても、わざわざ育ててやったというのに、あの娘はさっさと死んで……。養い損よ、まったく」

千花はうつむいて身を縮めている侍女の肩を指でつついた。

「中に伝えてちょうだい。わたしが見舞いに来たと」

侍女はあからさまにホッとした顔でうなずく。

衛王妃の言葉が途切れた瞬間、侍女が外から声をかけた。

「貴妃さまがお越しです。入室していただいてもかまいませんか？」

内側から扉を開けたのは小鵬だった。千花を見るや、戸惑いをあらわにする。

「貴妃さま」

「悪いわね。入らせていただくわ」

返事も待たずに詠恵を引きつれてずかずかと押し入ると、寝台のそばに座っている衛王妃がこちらを睨んだ。

　白い肌と眦《まなじり》の下がった目をした母親似の娘だ。唇の下に小さなほくろがあり、上品な色香を宿している。着ているのは、菊の文様が織りこまれた襖《おう》と流雲文様の入った裙《くん》。裙の裾《すそ》は金糸で花を咥《くわ》える小鳥が織りだされて華やかだ。花を象《かたど》った金簪《きんしん》や宝玉が連なる歩揺《ほよう》、宝石が葡萄《ぶどう》のように房になった耳墜《イヤリング》など美々しく身を飾っているが、なにより目を引くのはふっくらと張りだした腹部だった。

　衛王妃がやれやれと言いたげに立ちあがりかける。まだ臨月には余裕があるようだが、いかにも重たそうだ。

　千花はすぐさま制止する。

「衛王妃、挨拶はけっこうよ」

「貴妃さまのご厚情に感謝いたします。わたくし、身ごもってからめまいがひどくて」

　さっさと椅子に座ると、腹の丸みを見せつけるように撫でている。

　いまだに懐妊の吉報を届けられない千花と徐婀嬪へ当てつけているのだろう。

「おめでたいことね。でも、あんまり大きな声で凶事について話していたら、お腹《なか》の赤ちゃんにまで聞こえて、びっくりしちゃうんじゃないかしら」

　衛王妃がとたんに眉を寄せた。

「盗み聞きとは、よい趣味をお持ちですのね」

「聞きたくないけど聞こえちゃったのよ。ごめんなさいね」

千花は話しながら徐嫺嬪の顔を窺う。

寝台に半身を起こしている徐嫺嬪は、寝衣を着て肩に褂子《うわぎ》をかけている。目の下の隈《くま》が黒く、頬は青白かった。

（これは衛王妃を早く帰らせないといけないわ）

見舞いどころか、体調不良の原因になっている。

千花は衛王妃のそばに並び、彼女と徐嫺嬪を見比べた。

高慢ちきな性格ならば、きっと拒否しそうなことを口にする。

「酒醸円子《しらたまいりあまざけ》を作ってきたの。嫺嬪のためにと思ったんだけど、せっかくだから、姉妹ふたりで分け合ったらどうかしら」

詠恵が食籠を部屋の中央にある卓に置き、蓋《ふた》をとる。

「わたしは天涯孤独だから、姉妹がいるのがうらやまし――」

「分け合うなんて、冗談じゃないわ！」

衛王妃が突然立ちあがるや、千花を射殺しそうな視線で睨みつけた。

「本来、わたくしはこんな立場になるはずが――」

衛王妃の側仕えがあわてて主の袖《そで》を引く。

千花は冷静に彼女に相対した。

「衛王妃は具合が悪いのかしら」

「悪くなどありません！　もう帰ります」

衛王妃は千花から顔を逸らすや、徐嫺嬪に目を向けた。

「琳瑾《りんきん》、柏林《はくりん》のことだけど、お兄さまは幕僚《ばくりょう》にするのはまだ早いっておっしゃっていたわ。この間も体調を崩して寝こんでいたのよ。そんなんじゃ、使えないでしょ」

徐嫺嬪が目を瞠《みは》った。

「柏林に何をしたんですか⁉」

「人聞きが悪いわね。何もしていないわよ。あなたの弟はできが悪くて、幕僚になどなれないと言っているのよ。身のほどを知りなさい」

衛王妃はつんと顎を反らすと、部屋を出て行った。

千花は彼女の背が扉の向こうに消えるのを見届けたあと、小鵬に命じる。

「酒醸円子《しらたまいりあまざけ》を温めてきてくれないかしら。温かくしたほうが、すんなりお腹に収まると思うのよ」

どこの宮にも茶水間《ちゃすいま》があるから、そこで温められるはずだ。

「かしこまりました」

小鵬はややうつむいて応じると、卓に近寄り食籠を手にしてから出て行った。

千花は衛王妃が使っていた椅子に座る。

「調子はどう？」

千花の問いに、徐嫻嬪は疲れ果てたような顔を向けた。

「……あまり眠れません」

「太医《たいい》をここに派遣するわ。お薬でも飲んで、ゆっくり寝なきゃ」

「はい」

生気の抜けた声に、千花は彼女の手を自分の手で挟んだ。

「ほら、冷たい。温かいものを食べて身体をぬくめないと、心まで冷え切ってしまうわよ」

千花が微笑むと、徐嫻嬪が目を伏せた。

「……心だって冷え切ります。小鶯が死んでしまったのですもの」

「朋友だったの？」

徐嫻嬪は瞬《まばた》きをしたあと、首を横に振りかけ――小さくうなずいた。

「姉妹のように育ってきましたわ。勉強をして、針仕事をして、武芸の鍛錬をして……。お父さまが連れてきてから、小鶯や小鵬と……出て行った子もいるけど、ずっと一緒に」

徐嫻嬪が遠い目をした。脳裏に浮かぶのは、子ども同士で戯《たわむ》れていた懐かしい時間なのだろうか。

「小鶯について、何か思い当たることはある？　兆候があった？」

「……いいえ。でも……わたしが……気づかなかっただけかもしれません。わたしが気づいてあげていたら、小鶯があんな目に遭《あ》うこともなかった……」

徐嫻嬪は嗚咽《おえつ》をこらえるように唇を歪《ゆが》めた。頬を涙が洗い続ける。

千花は詠恵から渡された手絹《ハンカチ》で彼女の頬を拭《ぬぐ》った。

（……あの夜、何が起こったのかしら）

玄覇の命を受けて、宮正司が順貞宮の者たちに聞きこみをしたらしいが、小鶯が外出した同じころに外に出た人間が、片手の数以上はいたらしい。徐嫻嬪が皇帝と過ごす大事な夜を迎えるとあって、侍女にしろ宦官にしろ、準備のための出入りが激しかったようだ。

結局、小鶯と戯楼近くで会った者は見当たらずという報告があがってきたのだ。

千花は、徐嫻嬪の涙を拭いながら、慰《なぐさ》めた。

「先代護国公は徳の高い方ね。親のない子を引き取るなんて、誰にでもできはしないわ」

「……お父さまは、償《つぐな》いだとおっしゃっていましたわ」

「償い？」

「はい。わたしにはよくわかりませんけれど」

徐嫻嬪は小さく咳《せき》こんで、また新たな涙をこぼした。

「……でも、今となっては、お父さまが引き取ったのはまちがいだったのではと思います。小鶯は死んでしまった。あんなことになるとは思わなかった」

「そんなこと言っちゃだめよ。あなたのお父さまはご立派なことをされたわ。小鶯だって感謝をしているはず」

千花も養父である承之《しょうし》に拾われ、実の娘のように育ててもらった。厨師《ちゅうし》としての研鑽《けんさん》も積ませてもらった。

（感謝してるわ、心から）

小鶯だって、引き取ってくれた先代の護国公にも、受け入れてくれた徐嫻嬪にも、感謝の念を抱いていたに違いない。

徐嫻嬪は涙ながらにうなずいた。

「もうすぐ中秋の名月よ。満月を眺めながら月餅《げっぺい》を食べて、元気にならなきゃ」

「はい……」

徐嫻嬪が弱々しく応じた。

ちょうどそのとき、侍女が入室の許可を求めたあと足を踏み入れた。

盆には蓋碗《がいわん》がふたつ。むろん、千花と徐嫻嬪のためのものだ。

詠恵が彼女の盆から蓋碗を持ちあげ、寝台のそばの茶卓に置いた。

「嫻嬪、温かいお茶でも飲んで」

「はい」

蓋碗を渡すと、徐嫻嬪は茶をすすりだした。

清々《すがすが》しい茶の芳香に、いっとき胸を撫でおろしたくなるような時間が流れる。

千花もお茶を一口飲み、茶卓に置いたあと徐婀嬪にたずねた。

「弟さんのことだけど、皇上に何か伝えたほうがいい？」

柏林は幕僚にしないと護国公が言ったという。つまり、何か役職につけたいならば、玄覇を頼るしかないのだ。

「いいえ、そんなことはなさらないでください！」

婀嬪が首を振る。

詠恵が即座に彼女の手から茶器を引き取った。

「これ以上、徐家の不興を買うわけにはいきません！」

千花は目をぱちくりさせた。

(徐家はあなたの実家でしょうに)

それほど遠慮しなければならない家族とは、なんだろうという気にさせられる。

「いいの？」

「はい。柏林に迷惑をかけてしまいます。そんなことはできません」

徐婀嬪は身震いし、褙子《うわぎ》の前を合わせた。

「……わかったわ。でも、皇上にあなたの体調は報告しておくわね」

千花が言うと、彼女は小さくうなずく。

「……ありがとうございます」

「貴妃さま。そろそろ帰りましょう。嫻嬪さまを休ませる必要がありますわ」

詠恵の一言に、千花は立ち上がった。

徐嫻嬪の病は、心病に近いはず。何よりも大切なのは休息だ。千花は詠恵を連れて部屋を出る。

外には小鵬がいた。こちらも美貌《びぼう》に憂《うれ》いを漂わせている。

「嫻嬪を休ませてあげてね」

「承知しております」

千花を見る目が心なしか険しい。

「……徐家はいつもああなの？」

千花の質問に、小鵬は眉を寄せてから嘲《あざけ》るような息を吐いた。

「尽くしても尽くしても、何も返してくれないというのに。それでも、嫻嬪さまは先代護国公のためにも尽くし続けるはずです」

「あなたも嫻嬪や小鶯と一緒に育ったの？」

重ねた問いに、彼は苦しそうにうなずいた。

「……そうです」

「兄妹《きょうだい》や姉妹みたいに？」

「ええ。嫻嬪さまは、我々を家族と言って憚《はばか》らない方ですから」

小鵬はうつむき、床に視線を落とした。

「答えてくれて、どうもありがとう。これから太医院に行って、誰か順貞宮に来てくれるように頼むから」

小鵬は一瞬面食らったように口をかすかに開けてから、頭をさらに下げた。

「……ありがとうございます」

千花は彼の前を通り過ぎ、順貞宮の外に出た。

門庭で母屋《おもや》を振り仰ぐ。

「貴妃さま?」

詠恵が不思議そうな顔をしている。

「背負うものがあるって、大変なのね」

弟のこと、功臣の家名、徐嫻嬪が負っているものは重いはずだ。

「貴妃さまも、夢を背負っていらっしゃいますよ」

詠恵の一言に、思わず頰を緩める。

「そうだったわ」

「誰しも何かしら抱えているものがあります。それを目的地まで運ぶために、互いに協力したり、ときには争ったりするわけですから」

「詠恵の言うとおりね」

せめて徐嫻嬪が荷の重さに耐えられるよう復調させる必要がある。

千花は太医院へと向かうべく順貞宮の門を抜けた。


中秋節の日になった。

夜までには時間があるので、千花は暇つぶしに御膳房に赴き、月餅をこしらえる。

材料も手順も御膳房製作のものと同じに作った。小麦粉に砂糖水、高級な油である花生《ピーナッツ》の油とかん水を加えてよく練る。練った生地を分け、御膳房特製の豆沙《こしあん》を包み、炉《ろ》で焼く。薄く色づいたら取りだして卵黄を塗り、さらに焼いてできあがり。

仕上げに菊の花の焼き印を押した。

『御膳房の厨師が焼いたものと変わらないわ。来年は応援に来ていただこうかしら』

という清恩《せいおん》のお墨《すみ》つきをもらい、鼻高々で皇太后と玄覇のもとに届けた。

一仕事を終えたら、各宮や回廊に吊るされる灯籠《とうろう》の様子を見学する。

中秋節のときは、満月を見るだけでなく、地上にも黄金色の紙を張った灯籠を吊るして、光の競演を楽しむのだ。

通例どおりならば皇帝と妃嬪《ひひん》で家宴を催すらしいが、玄覇の意向もあって中止になった。

だが、中秋節は欠けるところのない月が家庭円満を想起させ、昔から家族が揃《そろ》うのに最適だとされる日である。皇帝と妃嬪で月見をするという習慣は守ることになった。

月見の場所は、千花が小鵬と話をした高台である。そこで酒や茶を嗜《たしな》みつつ満月を眺めることになったのだ。

夕刻、千花は大光殿《たいこうでん》に赴き、玄覇と晩の膳を共にする。

「今回はまともな料理なんだろうな」

席についた玄覇は並んだ皿を疑わしそうに睨んでいる。

「前回もまともな料理ですよっ！」

千花は彼のために菜《おかず》を取り分けてやる。

湯《スープ》は歯切れのよい竹蓀《キヌガサタケ》と噛《か》みごたえのある鶏《とり》を、滋味豊かな塩味でまとめている。

満月の色をした金針菜《きんしんさい》と白身魚の炒《いた》めものは、金針菜から漂う甘い花の香りやシコシコとした独特の食感が食欲をそそる一品だ。鹿肉と芹菜《セロリ》の炒めものは、酒や醬油《しょうゆ》で味つけをした味の濃い鹿肉に、強い香りとシャキッとした歯ごたえの芹菜が合わさり、箸《はし》が進む一品になっている。

膳を終えてから、侍女や宦官を引きつれ、玄覇と外に出た。宵闇《よいやみ》が深まりゆく中、向かうのは韋賢妃《いけんひ》の瑞煙宮《ずいえんきゅう》だ。

先ぶれを出していたためか、韋賢妃と同居する婕妤《しょうよ》たちが宮門の前で待っていた。

みな華麗に着飾っているが、とりわけ気合が入っているのは韋賢妃だ。

花の織文様が細かに入った大袖衫《しゅうさん》、たっぷりと布を使った薄青の裙の裾は金糸で瓔珞《ようらく》文の刺繍《ししゅう》が施《ほどこ》されている。腕にかけた披帛《ひはく》といい、月に昇った嫦娥《じょうが》を思わせる麗姿だ。

灯籠の下で待ちかまえていた韋賢妃たちは、玄覇を迎えるや万福礼《ばんぷくれい》をする。

「こ、皇上にご挨拶いたします」

「楽にせよ」

姿勢を戻した韋賢妃は、ぼうっと玄覇を見つめる。相変わらず素直に崇拝の念をあらわにしている。

「さ、行きましょ」

千花は韋賢妃を促《うなが》した。

体調不良で欠席の徐嫺嬪を除く八嬪を迎えに行かなければならないから、のんびりしていられないのだ。

千花はわざと玄覇との間をあけて、韋賢妃を合間に入れてやった。

韋賢妃が無表情の玄覇を見あげながら、頬を染める。

「皇上と月見をするのは初めてですわ。わたくし、楽しみにしておりましたの」

「そうか」

「御膳房から届いた月餅を持ってきたのです。月を眺めながら食べると、格別においしい気がしますもの」

「よかったな」

相変わらず愛想のかけらもない返事だが、韋賢妃はうれしそうだ。めったに話す機会がないからだろう。

「皇上は詩や詞《ツー》をお詠《よ》みになりますか？　中秋の月を唄った詞がわたくしとても好きなのです」

「明月幾時有《めいげついくときよりかある》、把酒問青天《さけをとつてせいてんにとう》からはじまるやつか」

「そうですわ！　大好きですの！　しみじみと胸に染み入る千古の絶唱ですもの」

千花は頬を緩めた。

（会話が続いてる！）

がんばれ賢妃と心の中で声援を送ったときである。

提灯を持った宦官がひとり前方から駆けてきた。千花たちの前にやってくると、片膝《かたひざ》をつく。

「こ、皇上にご報告いたします。嫻嬪さまが毒を盛られて、お倒れになられました」

「嫻嬪が!?」

驚く千花と対照的に、玄覇は冷静に命じた。

「案内せよ」

千花は、連れてきた宦官に、皇上の到着が遅れることを他の宮に伝えるよう命じる。

（場合によっては、お月見を中止にしないといけないかもしれないわ）

毒が盛られたとあっては、尋常な事態ではない。

心持ち早足になる玄覇と共に、順貞宮へ急ぐ。

到着した千花たちが案内されたのは寝間だ。玄覇とついてきた韋賢妃と共に入ると、小鵬が徐嫻嬪の口元を拭いていたところだった。

部屋の中には、梟《ふくろう》のような顔の侍女と鷲《わし》に似た鋭い目をした背の高い侍女がいた。どちらも二十歳過ぎくらいだろうか。鷲に似た目をしたほうが万福礼をしようとして、玄覇に止められる。

「免礼だ。一々口上を述べる必要はない」

小鵬が千花たちを振り返った。美しい面貌に怒りが満ちている。

背に氷を入れられたようにひやりとしたが、玄覇は気がつかない様子で鷲に似た目の侍女に問いかける。

「毒を盛られたとはどういうことだ？」

「御膳房から届けられた月餅を食べたところ、息も絶え絶えになり、お倒れになられたのです。その月餅には、貴妃さまがお作りになられたものも入っていたとか。もしかしたら、貴妃さまが毒を混入されていたのではありませんか？」

鷲に似た目の侍女の返答には、露骨に疑惑が漏れでている。

「あ、阿雀《あじやく》さま。そういう言い方は――」

梟の顔の娘が顔色を失くしている。

（鷲なのに、名前は雀《すずめ》なんだ……）

のんきに考えていると、そばにいる韋賢妃が千花を揺すった。

「貴妃さま、毒を盛ったのですか？」

「え？　しないわよ、そんなこと」

千花はあわてて阿雀を見た。彼女は双眸《そうぼう》に敵意を宿している。

「嫻嬪さまは、貴妃さまが手ずからお作りになられたという月餅を口にされ、お喜びになられていました。それを毒を盛るという形で裏切るなんて！」

「ま、待って。確かに、わたしが作ったものを一個足したけれど、同じものを皇太后さまと皇上も食べているのよ。だけど、ふたりは具合を悪くしてない。毒が入っていない証拠になるでしょう？」

「では、御膳房の厨師に命じて毒を盛らせたのではありませんか？」

阿雀が憎々しげに言い切る。

一瞬唖然《あぜん》としたが、すぐに反論した。

「わたしが嫻嬪に毒を盛る必要があるはずないわ」

千花は唯一の寵姫《ちょうき》なのだ。毒を盛られるなら理解できるが、盛るはずがない。

「もしも嫻嬪に毒を盛るならば、余との宴《うたげ》の前に盛るであろう」

玄覇も口添えをしてくれる。

「では、お倒れになられたのは、なぜですか？　危機感を覚えた貴妃さまが、嫻嬪さまに害を与えようとなさったのでは？」

しつこく追及する阿雀に、韋賢妃がうんざりしたような顔をした。

「毒が混入していたという月餅を調べたらどうなのですか？」

彼女の提案に、千花はうなずいた。

「そうね。嫻嬪が食べた月餅を見せてちょうだい」

千花の要求を聞き、茶卓に置いていた皿を梟に似た侍女が持ってきた。

部屋の端にある卓に皿を置いてもらい、玄覇と韋賢妃の三人で月餅を覗《のぞ》きこむ。

徐嫻嬪が食べかけた月餅だけではなく、丸のまま残された月餅を取りあげ、表裏と確認する。さらに、表面に押された焼き印の花びらを数えた。二回数えてから、千花は口元を引き締める。

「賢妃、御膳房の月餅を持ってきていたわよね」

「ええ。侍女に持たせていましたわ」

「それをここに持ってこさせて」

韋賢妃はいったん外に出て行き、侍女を伴って戻ってきた。

「これですわ」

侍女が食籠から皿を出す。

皿にある月餅の焼き印の花びらの数を数え、千花はうなずいた。

「嫻嬪が食べたのは、御膳房が焼いた月餅じゃないわ」

「嘘をつくおつもりですか!?」

阿雀の金切り声に、千花は首を左右に振った。

「嘘じゃないわよ。賢妃が持参した御膳房焼成《しょうせい》の月餅を見て。焼き印の花びらは十七枚。

嫻嬪が食べた月餅の花びらの数は十八枚。数が違っているわよ」

韋賢妃が律儀に数えてから、顔の前で手を合わせた。

「確かに数が違いますわ！」

「どういうことだ？」

玄覇が訝《いぶか》しげに眉をひそめる。

「わたしが焼き印の花びらの数を変えさせたんです。十八枚から、十七枚に」

「なんのためにですの？」

韋賢妃が不思議そうにしている。

「皇上の御代が永遠に続いてほしいなって気持ちをこめたの」

千花の返答に、ふたりが意味不明という空気をかもしだす。

「だ、だって、九と九を足して十八枚だったら、極まっちゃうでしょ。あとは下り坂よ。

だから、寸止めしたの」

玄覇と韋賢妃が視線を交わす。

韋賢妃が戸惑いつつ問いかけてきた。

「……慣例では、十八枚の菊の花弁は重陽《ちょうよう》の節句を先取りして押すものですよね？」

「そうよ」

韋賢妃の問いにうなずくと、千花は付け加えた。

「昔は重陽の節句って縁起が悪い日だと考えられていたでしょ。陽《よう》の気が最高になり、陰《いん》に変じるときだから、栄えるものは必ず衰《おとろ》えることを意味するじゃない。でも、皇上の御代は衰えてほしくないの」

玄覇が呆《あき》れたような顔をした。

「だから、わざわざ焼き印を変えて、衰退を防ごうとしたということなのか？」

「そうです！」

正解を導きだしてくれたことに興奮し、思わず指さしてしまう。玄覇は顔をしかめて指をつかんできた。

「余に向けて指をさすな」

「月が満ちれば欠けるだけ。太陽が昇りきれば落ちるのみ。確かに貴妃さまの寸止め説は理解できますわ」

韋賢妃がうなずいたあと、首を傾《かし》げた。

「では、この十八枚の花弁の焼き印の月餅はどこから入りこんだのでしょう」

千花は徐嫻嬪が食べかけた月餅を手にし、餡を見る。

「……この月餅、確かに毒が入っているわ」

その場にいる全員がいっせいに千花に視線を向けた。

「なんて白々しい！」

阿雀が眉を吊り上げている。

「なぜ毒が入っているとわかるのですか？」

韋賢妃が訝《いぶか》しげに眉をひそめた。

「見てちょうだい。餡に赤い点々が混じっているでしょう。おそらくこれは相思子《トウアズキ》よ」

千花が説明すると、小鵬がますます険しい目でこちらを見た。

「相思子？」

韋賢妃が不思議そうにする。

「そうよ。小豆《あずき》と形は似てるけど、色が違うのよね。相思子の色は鮮紅色。南海の島国では装身具に使われるほどきれいなの」

千花は食べかけの月餅の餡の部分を指した。なめらかな豆沙《こしあん》のところどころに赤い粉が混じっている。

「相思子を食べると、嘔吐《おうと》や腹痛、下痢《げり》を起こすし、最悪の場合、呼吸が止まってしまうほど強い毒なのよ」

「それほどお詳しいなら、貴妃さまが小豆と一緒に煮て餡をつくったのでしょう。なんておそろしい」

阿雀が身体を震わせている。

「しないわよ、そんなこと。相思子は、熱を加えると毒性を失うんだから」

あっけらかんと答えると、全員が面食らった顔をする。

「だから、小豆と一緒に煮るなんて論外。毒として使えなくなるもの。相思子を毒として用いたければ、生の相思子をすりつぶして混ぜるしかないのよ」

そのため、南海の島国では煮て食用にするという。ただし、あまりに多量に食べると頭痛を起こすといわれ、完全に無毒化できるわけではない。

「これでわかったわ。犯人は御膳房の月餅をまねたものを使って、疑惑をわたしに向けさせたのよ」

千花がうなずくと、玄覇が続けた。

「つまり、罪をなすりつけようとしたわけか」

「皇上のおっしゃるとおりです。わたしが焼き印を変えていなかったら、大事件になるところだったわ」

いったい誰が徐嫻嬪に毒入りの月餅を贈ったのだろうか。

「これを嫻嬪に供したのは誰なの？」

「わ、わたしです」

梟の顔の侍女が、ガタガタと身体を震わせながら挙手した。

「で、でも、御膳房の月餅だと言われたんです」

「誰からもらったの？」

「配膳担当の宦官からです。毒見は済んだと言われましたし、嫻嬪さまが召しあがる前には銀針を刺しました」

「顔を覚えているか？」

玄覇に問われ、侍女は膝をついて床にひれ伏した。

「お赦《ゆる》しください！　嫻嬪さまに、ど、毒を盛るつもりはなかったのです」

「余は顔を覚えているかと問うている」

「今日が初めてのものでした！　ですが、嫻嬪さまに毒を盛るつもりはまったくありませんでした！」

悲鳴をあげる侍女を見て、玄覇がうんざりした顔で千花を見た。なんとかしろという声なき声が聞こえる。

千花が侍女をなだめようと口を開きかけたとき、寝台から弱々しい声が聞こえた。

「……その娘を責めるのは、やめてください」

「嫻嬪、目が覚めたのね」

千花が寝台に近寄るが、小鵬が彼女をかばうように前に立った。

「嫻嬪さまは、安静にする必要がございます」

小鵬は、こめかみに青筋が立ち、怒りを懸命に抑えているような顔つきをしている。

「わたくしは毒に当たったわけではありません。めまいがしただけです」

寝台に横になった徐嫻嬪は、疲れきったように目を半分以上閉じている。

「……誰も悪くありません。だから、いもしない犯人を捜すのはやめてください」

それから息を吸ったあと、口元を押さえた。吐き気がするのだろうか。

「で、でも、嫻嬪」

千花が言い募ろうとするや、小鵬が徐嫻嬪に覆《おお》いかぶさるようにして彼女の唇を拭った。

「どうか、お引き取りを。嫻嬪さまを気の毒だと同情されるなら、休ませてさしあげるべきです」

千花を見あげる小鵬は、今にも殴りかかりそうな剣呑《けんのん》な気配を漂わせている。

いつの間にか近くにいた玄覇が千花の肩に手を置いた。

「貴妃よ、もう出るぞ」

「でも……」

「太医を呼んで薬を処方させ、ゆっくり休ませてやるほうが嫻嬪のためだ」

重ねて言われたら、拒否する理由もない。

侍女たちに伏礼して見送られ、寝間を出る。

母屋の外に出て、数段の階を下りる。建物を振り仰いだときに、胸がずきりと痛んだ。

「……あの月餅はどこから持ちこまれたのかしら」

御膳房の月餅を模倣し、相思子《トウアズキ》を混ぜるなど悪辣《あくらつ》な仕業だ。明らかに徐嫻嬪を狙った意図がある。

（……気になるのは、嫻嬪の態度よ）

まるで誰かをかばっているようだった。

考えていると、連れてきた宦官に太医を呼ぶよう命じた玄覇が千花の肩に手を置いた。

「嫻嬪に話を聞くにしろ、体調が戻らなければ無理だぞ」

「わかっています」

「……あの、嫻嬪に月餅を贈ったのは、徐家ではないかと思うのですが」

そばに立った韋賢妃が、遠慮がちに口を挟む。

千花と玄覇は同時に韋賢妃を見た。

「なぜ、そう思うの？」

千花の質問に、韋賢妃は視線を泳がせたあと手を振った。

「わ、忘れてくださいませ！　わたくしの思い過ごしかもしれませんもの」

「根拠があるなら、説明しろ」

玄覇が腕を組み、偉そうに言う。

「そ、その……」

韋賢妃が泣きそうになっているので、千花は彼女の横に立ち、肩に両手を置いて励ました。相対する玄覇をチラチラ見ながら語りかける。

「きちんと話してくれたら、皇上が夫婦みたいに肩を寄せあって月を見てくれるって」

「おい！」

「本当ですか!?」

韋賢妃の瞳が明星《みようじよう》のようにきらめいている。

「もちろんよ！」

千花が自分の胸をどーんと叩いてやれば、韋賢妃が両手のひとさし指をこすりあわせながら話しだした。

「その……父から手紙が来たのです。輔国公《ほこくこう》との酒席で聞いた話だそうですが、寿陽大長公主さまが貴妃さまをたいへんお怒りで、いつかこてんぱんにしてやりたいと仰せになられたとか」

とっさに意味がわからず、千花の目が点になる。

玄覇は瞬時に悟ったらしく、うなずいた。

「輔国公は僖嬪《きひん》のおやじか。奴と韋礼部尚書が酒を飲んでいるときに話したわけだな」

韋礼部尚書は韋賢妃の父親である。

「なんで輔国公がそんなことを話すの？」

千花の質問に、韋賢妃がもじもじしながら答える。

「奥方の愚痴《ぐち》がひどくてうんざりしているらしく、ぼやいていらっしゃったのだとか」

「つまり、話の出所は長泰《ちょうたい》大長公主なのね」

寿陽大長公主が長泰大長公主に話したことが輔国公まで伝わり、それが韋礼部尚書経由で娘にまで届いたわけだ。

「わたしをこてんぱんにするために、嫻嬪に毒を盛ったということなの？」

「貴妃さまに毒を盛るより簡単ですもの。順貞宮の侍女や宦官は、徐家の息がかかってるでしょうし」

韋賢妃の説明に唖然とする。

仮にも自分の家の娘にそんな愚《おろ》かなまねをするのが信じられない。

「……それでわざわざ月餅を模倣するという手のかかることをしたのか」

玄覇の眉間《みけん》の皺《しわ》がこれ以上ないほど寄っている。かなりお怒りのようだ。

「嫻嬪が倒れれば、貴妃さまを犯人に仕立てあげられるとお考えになったのでは？」

「そのために嫻嬪を利用したの？　あんまりじゃない！　家族でしょ!?」

千花の剣幕に、韋賢妃が戸惑ったような顔をした。

「寿陽大長公主さまにとって、嫻嬪は実の娘ではありませんもの」

彼女の返答に、千花は肩を落とした。

「……ひどすぎるわよ」

玄覇が沈思《ちんし》したのちにつぶやく。

「嫻嬪は悟ったかもしれんな」

韋賢妃が大きくうなずいた。

「調査して、徐家の仕業だと暴かれたら、もっとひどい仕打ちをされると案じているのでは？」

三人が押し黙る。そこに詠恵がやってきた。

彼女はいつものそつのない微笑みを浮かべている。

「月を見るどころではなさそうですが、どうなさいますか？」

「そうだな、中止に――！」

「中止になさるのですか!?　そんな……皇上と夫婦のように寄り添って月見をしたかったのに」

韋賢妃が瞳をうるうるさせている。

玄覇が引き気味に言う。

「いや、しかしだな」

「他の妃もとても楽しみにしていたのです。みんな着飾って待っているはずですわ！」

韋賢妃の言葉に、千花はうなずいた。

「嫻嬪は太医に診《み》てもらえばいいし、わたしたちは、お月見に行きましょう」

「おい」

「待っている女の子たちのためにも、お願いします」

千花は両手を合わせて玄覇を拝んだ。

楽しみを奪えば、買わなくていい恨みを買う。ふだん我慢させているだけに、こういう機会をつぶすのは忍びない。

玄覇があきらめたように低い声を押しだした。

「わかった。すぐに終わらせる」

「ええ、すぐに終わってしまうのですか？　夫婦のように寄り添う時間は？」

韋賢妃が悲しそうに眉尻を下げている。

「一秒だけ並んでやる」

「一秒だけはあんまりです」

さっさと歩きだす玄覇に韋賢妃が追いすがっている。

千花は足を踏みだしかけてから順貞宮の母屋を振り仰いだ。

白銀の満月が一粒真珠のように闇夜に輝いている。

家族円満をあらわす満月が滲《にじ》んで見えて、千花は感傷を振り払うと、再び前を睨んで歩きだした。

四章　あの世に咲く花

中秋節が終われば、秋もいよいよ深まる季節だ。

重陽《ちょうよう》の節句まであと二十日というころ、千花《せんか》は寿安宮《じゅあんきゅう》に向かった。

重陽の節句の行事に着る衣裳を皇太后から借りるためである。

「少し丈が長そうですわねぇ」

寿安宮の居間で衣を着てみた千花に瑶月《ようげつ》が言う。

椅子《いす》に座った皇太后が茶を飲んでから言った。

「詰めるほうがよいのう。多少は動くゆえ、たくしあげて帯で止めるには不安があるぞえ」

「わかりました」

千花はうなずく。千花は皇太后よりも少し背が低いのだ。

（ちっちゃいのがつらい……）

たぶん子どものころの栄養状態が悪かったせいだ。

「誰が縫《ぬ》うのかえ？」

「芳華宮《ほうかきゅう》の侍女《じじょ》たちにやらせますわ。丈を詰めるだけならなんとかなるでしょう」

詠恵《えいけい》がひざまずいて裾《すそ》を折り、目印に針を刺している。

「それにしても、新調なさればよろしいのに」

瑶月が頬《ほお》に手を当てて言う。

「もったいないですから。皇太后さまにお借りできてうれしいです」

千花はにっこり笑って答えた。

皇太后は行事には出席しないから、衣裳がまるっと借りられるのでありがたい。

「もちろんですとも。貴妃《きひ》さまは寵愛《ちょうあい》におごらず、謙虚でいらっしゃる。これもひとえに皇太后さまの薫陶《くんとう》の賜物《たまもの》ですわ！」

「聞いたかえ、瑶月」

「瑶月、褒める相手がまちがっておるぞえ」

と応じながら、皇太后はまんざらではなさそうだ。

（だって、何回も着ないしね）

来年と合わせても、二回しか着ない。そんなものをわざわざ新調するなんて無駄だ。

（わたしの後釜《あとがま》が新調すればいいじゃない）

そう思っている。儀式の格によって着る衣裳が違うので、そのたびに仕立てていると金がいくらあっても足りないのだ。

詠恵の手を借りて衣を脱ぎ、椅子に座る。若い侍女がすかさず茶を卓に置いた。

「宝冠もお借りして大丈夫でしょうか？」

千花は茶を一口飲んでから皇太后にたずねた。宝冠の装飾も妃嬪《ひひん》の序列によって異なるのだ。

「鳳凰《ほうおう》をいくつか取り去れば問題あるまい。尚服局《しょうふくきょく》に手直しするよう命じておくゆえ」

尚服局は宮廷の衣服に関する業務を取り扱う。皇太后が預けてくれるなら、おとなしく従うだろう。

「ありがとうございます」

「気にせずともよい。そなたは寵姫でありながら、皇帝に高価なものをねだることもないと聞く。感心なことじゃ」

「では、皇上が贈り物をするかといえばそうでもないと聞きますものね。おふたりともあっさりしておりますわ」

瑶月の言葉にどきりとした。

（かえって不自然!?）

ふつうの寵姫と皇帝ではないだけに、どうも勝手がわかっていないおそれがある。

千花は焦って言い訳をした。

「その……重陽の節句が終わりしだい、大閘蟹《かに》をお取り寄せしてもらうつもりです！」

「……大閘蟹かえ？」

皇太后も瑶月も呆然《ぼうぜん》としている。

「そうです！　ちょうど雌《めす》がおいしくなる時期ですよね。卵をもった雌を蒸してパクつく……想像しただけで幸せです！」

南方のとある湖で獲《と》れる蟹《かに》は、表面には黄金色の毛が生えている。旨《うま》みが強く、蒸してしゃぶりつけば夢心地を味わえるのだとか。

（話には聞いたことがあるけど、食べたことはないのよね）

高価なものなので、貴族や富商が買い占めるらしいし、庶民《しょみん》が運よく食べられるにしても産地の近くにいないと手に入れられない。

（皇帝だったら、お取り寄せも可能なはず！）

おねだりすれば、一杯くらいはもらえるだろう。

「そなた、本当に食い気しかないのう」

「大閘蟹でしたら献上品がありますわ」

「そうじゃのう。例年どおりであれば、重陽の節句に合わせて献上品があるじゃろう」

皇太后と瑶月から哀れな生き物を見る目で見られている。

「で、では、大閘蟹につける黒酢の特級品をお取り寄せしてもらいます！」

「黒酢くらい御膳房《ごぜんぼう》にあるじゃろうに」

「皇上は黒酢くらいしか贈ってくださらないのではありませんか？　皇太后さまが一言口添えしてさしあげるほうがよろしいかもしれません」

同情されている。冷や汗が腋《わき》に滲《にじ》んだ。

「そ、そういうわけでは……」

「皇帝は仕事しかしておらぬからのう。折を見て、大閘蟹《かに》を十杯くらい贈るよう助言しておこう」

「……ありがとうございます」

むしろ玄覇《げんは》からよけいなことを言うなと叱責《しっせき》を受けそうだと思いながら、千花は深々と頭を下げた。


寿安宮からの帰り道、千花は詠恵と話していた。詠恵は衣裳を包んだ風呂敷を手にしている。

「弱ったわ。これじゃ、わたしが愛され寵姫だと思われなくなりそう」

「かといって、贅沢《ぜいたく》はしたくないのでしょう？」

「無駄じゃない。あと一年ちょっとしかいないのに」

別れることを考えたら、よけいな金を使わせたくない。

「高価なものをもらうだけが寵愛ではありませんわ。皇帝の貴重な時間を独占している

――それこそが寵愛の証《あかし》ですもの」

「なるほど、そうね」

玄覇が政務の間に割くささやかな自由時間を千花に費やしているのだと思えば、贅沢きわまりないことだ。

「堂々としていればよろしいのです。皇上が目移りしている気配はありませんから」

「ちょっとくらい目移りしてもいいいんだけどね」

「それは――」

詠恵の軽口が止まる。前から駆けてくるのは、佳蕊《かずい》だ。

「どうしたの、佳蕊」

「嫺嬪《かんひん》さまのところの侍女が……遺体で、発見された、んです！」

息を切らしながら言われたことに、千花はびっくりした。

「また？」

「あの……戯楼《ぎろう》の近くの……池から見つかった……そうで……」

よほど急いだのか息も絶え絶えになっている。詠恵が片手で彼女の背を撫《な》でた。

「遺体はどこに？」

「まだ……宮正司《きゅうせいし》が……発見したとこで……調べてるって……」

「戯楼に行くわよ」

千花はいったん寿安宮の方角に戻り、西に向かう近道を選ぶ。

戯楼に近づくと、青色の曳撒《えいさん》を着た宦官《かんがん》がたむろしていて、すぐにわかった。

「人を殺したから自殺するという遺書があるんだぞ⁉」

「遺書があるにせよ、身を投げて溺死《できし》したわけではありません。遺体からわかるのは、死んでから水に投じられたという事実だけです」

言い合う声が聞こえた。

遺体の傍《かたわ》らで座りこんで話し合っているのは、この間の首領と俊凱《しゅんがい》だ。

（また検死させられているんだ……）

同情しつつ近づくと、ふたりが同時に千花を見あげた。

首領は顔を歪《ゆが》め、俊凱は冷静なままだ。

「……阿雀《あじゃく》」

横たえられている遺体を見て、千花は目を瞠《みは》った。

千花に怒りをぶつけていた、あの侍女だ。

「いつ見つかったの？」

俊凱にたずねると、彼は早口で話しだした。

「お昼ごろだそうですよ。水に投げ入れられてから、さほど時間が経《た》っていないようです。姿形に著しい変化が見られないことから推察できます。水の中では腐敗が遅くなるのですよ」

「う、うん」

千花がちゃんと聞いているというようにうなずくと、俊凱は説明を続けた。

「水死ではないと申しあげたのは、鼻口のまわりに細かな泡が見られないからです。呼吸ができないために空気と水、それに分泌液が混じって生じる溺死の顕著《けんちょ》な特徴です。それから、水を飲みこむために腹が膨れるものですが、そういった変化もありません。おそらく陸の上で殺されるか死んだかしたので、池に投げ入れられたのでしょう」

千花は、首領が握っている紙を見ながら問いを重ねた。

「では、その遺書は？」

「偽造でしょう。ちなみに、小鶯《しょうおう》を殺したのは自分だと書いてありますが、信用しがたいですね。阿雀の死体が語っているのは、溺死ではなく死因は他にあるということです」

「死因はなに？」

「外傷は特にありません。窒息させられた場合、顔にむくみが生じるのですが、それもない。毒殺かもしれませんが、毒によって生じる反応が、水に投げこまれたせいでわかりづらくなっています。念のために喉《のど》に銀簪《ぎんしん》を入れましたが反応がない。もっとも、銀が変色する毒は砒霜《ひそ》だといわれていますから、その他の毒の判別には難しいところがありますね」

俊凱は立ちあがった。

「貴妃さま。順貞宮《じゅんていきゅう》の者たちをお調べになられたほうがよろしいかと存じます」

「そうするわ。わたしが話を聞いてみる」

順貞宮絡みでこうまで続けて事件が起こると、さすがに動かざるを得ない。

帰る俊凱を見送ってから、千花はふてくされた顔をした首領に告げる。

「申し訳ないけど、阿雀を順貞宮に運んでくれる？」

「我々は人夫ではありませんが」

宮正司の面々は不満そうだ。

千花は手を合わせた。

「お願い。協力してくれたら、わたしが褒美をだすわ」

宮正司の者たちは、互いに顔を見合わせたあと、ため息をつきながら動きだす。

千花は傍らにいる佳蕊に告げる。

「悪いけど、先に順貞宮に行ってくれる？　侍女と宦官を集めておくように小鵬《しょうほう》に言っておいて」

嫻嬪の体調はよくなったらしいが、心理的な面で負担をかけるのが心配だった。小鵬ならば無難に差配するだろう。

「わかりました。じゃあ、行きます」

佳蕊が走りだす。

「無理しなくていいからね！」

背中に声をかけてから、詠恵に告げる。

「一緒に行ってくれる？」

「もちろんですとも。それにしても、せわしないことですね」

「うん……」

すべて順貞宮に関わっていることが心配だ。

千花は重い足を無理に動かして、阿雀を運ぶ者たちに続いた。


順貞宮の居間を借りて、侍女と宦官から話を聞く。

十五人いる順貞宮付きの者たちも最後のひとりになった。

「はっきりと犯人だといえる者はいませんわね」

「うん」

椅子に座る千花は、そばに立つ詠恵にうなずき、出されていた茶を飲んだ。

順貞宮は平素から節約をしているのか、良質な茶葉を揃《そろ》えてはいないようだ。

出された青茶は、味は濃いが香りは単純で、上等な葉が持つ花の香りがしない。

（実家の援助がないって、こういうことからもわかる）

徐《じょ》家だったら、貢納品も多いだろうに。

「ただ、わかったことはあるわ。阿雀は掌事《しょうじ》宮女だったけど、嫻嬪の側付きは小鶯だったこと。徐家との連絡は阿雀が主に担当していたこと。ふだんから徐家との結びつきが強いことを自慢していて、密かに反感を買っていたこと」

「反対に、小鵬と小鶯の評判はよいですね。ふたりとも、嫻嬪さまの信頼は篤《あつ》いけれども、それをひけらかしてはいなかったこと。謙虚に振る舞っていたから、敵が少ないようです」

「……理想的な侍女と宦官の態度よね」

主にしてみれば、阿雀よりは小鵬や小鶯を信頼するだろう——と言いたいところだが、あからさまなおべっかを好む者もいるし、これればかりは人による。

「嫻嬪さまの評判もよろしいですわね」

「というより、同情されているじゃない。徐家がちっとも助けてくれないもんだから」

ふつう、他の妃嬪は実家の援助があるし、あって当たり前だともいえる。皇帝の寵愛を得て実家を盛り立ててもらえれば元が取れるのだから、有効な〝投資〟なのだ。

ところが、徐家はまったく徐嫻嬪を援助していない。

「……何か気になることがありますか？」

「徐家があまりにも嫻嬪を推さないのは、意味があるのかしらって」

「そうですわね。確かに、冷淡にもほどがある——」

そこで、詠恵は言葉を切った。

最後に残った梟《ふくろう》に似た娘が入ってきた。月餅《げっぺい》事件のときにいた娘だ。

娘は千花の前で伏礼した。

「あ、阿鵑《あけん》と申します」

「阿鵑は陪嫁人《ペイジアレン》なのよね」

「はい」

娘は顔をあげた。徐家からの陪嫁人はみな鳥類の名がついている。

「えっと、阿雀のことなんだけど――」

「わたしは何も知りません。何もしておりません！」

阿鵑はがばりとひれ伏した。千花は詠恵と顔を見合わせる。

「鞭《むち》を打ったりはしませんよ。正直に話してほしいだけです」

まろやかな玉のような声で詠恵は言う。

「わたしは、わたしは……」

「阿雀が出かける前に何か言い残したことはない？　ふだんと違うこととかなかった？」

千花が質問すると、阿鵑は目を泳がせた。

（無駄に怪しい感じがするわよ）

そう助言したいが、混乱するだろうからやめておく。

「言い残したことは何も……ただ、いつもより機嫌がよさそうでした」

阿鵬の答えは意外なものだった。

「機嫌がよかった？」

「はい。いつも仏頂面《ぶっちょうづら》なのに、出るときは上機嫌でした」

「なぜ？」

「わ、わかりません！」

阿鵬はまたもやがばりと床にひれ伏す。繰り返されると、こちらの心が折れそうだ。

「あのね、そんなことはしなくていいのよ。知っていることをできるだけ正確に話してくれればいいだけだから」

千花がなるべく穏やかに告げると、彼女は顔をあげた。

「あの……あの……阿雀さまのことで、ひとつだけ知っていることがあります」

阿鵬は懐《ふところ》から巾着《きんちゃく》袋を取りだした。腰帯に吊るす匂い袋にも似ている。

「これが阿雀さまの部屋にあったんです。盗んだわけではありません！　わたしは同室だから見つけただけで……。でも、これは小鶯のものなんです。小鶯が大切にしていたものので……。それをなぜ阿雀さまが持っているか不思議で……だ、だから、お持ちしました」

詠恵が阿鵬に近寄って袋を受け取り、千花のそばに戻ると手渡してきた。

「彼岸花《ひがんばな》ね」

白い袋に刺繍《ししゅう》されているのは真っ赤な彼岸花だ。中を開けると、陶器の盒《ごう》が入っていた。蓋《ふた》を開けてみれば、中には白い粉末が入っている。

「小麦粉、いえ、白粉《おしろい》かしら」

「なんでしょうね」

詠恵とふたりして首を傾《かし》げる。千花は指で粉を摘《つま》んでみた。なんの粉末かわからない。試しに、ほんのわずかに舌に落としてみる。

「貴妃さま、毒だったらどうなさるのですか？」

詠恵があわてている。

「ちょっとだから大丈夫でしょ。味はしないわね」

阿鵑が度肝《どぎも》を抜かれた顔をしている。そんなにおかしなことをしたつもりはないが、そろそろやめたほうがよさそうだ。

「阿鵑、他には何も知らない？」

「し、知りません。わたしは何も知りません！」

床に額《ひたい》をこすりつけるので、千花は肩を落とした。

（いったんここでお開きにしよう）

寝間で待っている徐嫻嬪に説明も必要だし、阿鵑の後頭部を見下ろしていると気の毒にもなってきた。

「阿鵑、何か思いだしたことがあったら、そのときはいつでも教えてね」

千花が言うと、阿鵑は顔を伏せたままうなずく。

詠恵と顔を見合わせ、ため息をつくばかりだった。


翌日、千花は玄覇のもとに報告に行った。

正直、玄覇は忙しそうで、後宮の事件に付き合わせるのは申し訳ない気もする。

(金州《きんしゅう》の件は乗り切ったけど、別の問題があるもんね)

金州の水災《すいさい》の件は、初動の対応は大過なく済んで、生活再建の援助の段階になった。

ところが、一安心どころか金州の米の収量が落ちたのが新たな問題になった。東西南北に配備している国軍に送る軍糧は金州の米を充《あ》てていた。それが不足しそうだとあって、他の産地から米を送る手配を指示する仕事ができた。

『腹が減ったら戦《いくさ》どころじゃないぞ』

特に北と西は遊牧民族と国境を接していて、小競り合いがよく起きている。そこに送る米が遅れたら、反乱のタネになると頭を抱えているのだ。

(仕事が減らなくて大変)

と同情するしかない。

だからこそ、心を和《なご》ませてくれる寵姫(本物)を早く持てばいいのにと思ってしまう。

聞き取り調査と阿鵑から預かった盒について話すと、俊凱が難しい顔をした。

「貴妃さまの調査と現場の情況を考え合わせると、小鶯と阿雀が争い、小鶯が足を滑らせて頭を打って死亡した。阿雀はとっさに盒を持って逃げさったものの、自責の念にかられて自殺したという説明が成り立たなくもないですね」

「でも、阿雀は自殺だとは考えられないんでしょう？」

「死んだあとに池に身投げをしたなら可能ですよ」

「無理でしょ、それ」

何度考えても、おかしい説にしかならない。なので、詠恵と頭を悩ませていた。

「第三者がいるんだろう。そいつが小鶯と阿雀の死に関係している」

玄覇が上奏文に書きこみをしながら口を挟む。

「それが誰かってことが問題なんですけど」

「いっけん怪しくなさそうな奴じゃないっすか？」

千花が持参した豆沙《こしあん》入りの包子《まんじゅう》を食べながら無忌《むき》が言う。

「聞きこみをして、怪しい者はいましたか？」

俊凱の質問に、千花は首を横に振る。

「いなかったわ」

「では、小鶯や阿雀が出かけたときに、順貞宮を不在にしていた者はいますか？」

千花は喉《のど》を鳴らした。

無意識に――いや、意識的に犯人だと考えないようにしていた人間だからだ。

「……小鵬よ」

「では、その小鵬が一番怪しいでしょう」

「でも、小鶯が死んだときに小鵬が一緒にいたら、嫻嬪に報告すると思うの」

三人は兄妹《きょうだい》や姉妹のように育ったという。そんなに親しい人間が死んだときに、放置しておくことがあるだろうか。

「しかし、その小鵬がふたりの死に関係しているなら、案外辻褄《つじつま》が合います。小鶯は小鵬と内密の話をするために戯楼のある区画に呼びだした。順貞宮の者に――いえ、誰にも知られたくない内容だったからでしょう。事情はわかりませんが、ふたりは決裂し、揉みあうかして小鶯が頭を打ち死亡した」

「だから、そうなったとして、なぜ嫻嬪に告白しないの?」

千花は頬をふくらませたが、俊凱はかまわず説明を続ける。

「そもそも、ふたりとも順貞宮に勤めているのにそこで話せないこととはなんですか? 周囲に知られたら大問題になるようなことである可能性が高い。嫻嬪さまに内密にするしかないなら、小鶯が不慮の事故で死んだとしても、黙っているしかなかったはずです」

千花は唾《つば》を飲んだ。

俊凱の話した内容がまるで真実に近いようで不安が募る。

「じゃ、じゃあ、阿雀は？」

「小鶯の死に小鵬が関わっていることを知るか察して、脅《おど》したのかもしれません。それを厭《いと》うた小鵬が彼女を殺して池に投げこんだ」

「ちゃんと筋が通っているな」

玄覇が朱筆を走らせながら言う。

「で、でも、小鵬はそんなことできそうにないわ。嫻嬪にもすごく忠節を尽くしているし、周りからの評判もよくて――」

「さして関わっていない貴妃さまだけでなく、同僚からの評判もよいとはたいした人物ですね。だからこそ、臣めは気になります。大事を成そうとする者は、小事に煩《わずら》わせられたくないがゆえに、得てして善人を装いますから」

「そんなこと――」

「ないと言えますか？　詐欺《さぎ》師も密偵も暗殺者も、悪い顔をして近づいては来ませんよ？　警戒されたくありませんからね」

千花は下を向いた。

信じたくないが、俊凱の話がうますぎて、うっかり納得してしまいそうだ。

ぎゅっと唇を引き結んで、彼を見あげた。

「呉《ご》学士こそ、弁が立ちすぎて信用ならないわ」

俊凱がポカンと口を開いた。

詠恵がクスクスと笑いだす。

「貴妃さま、反撃がお上手ですわ」

「呉学士は弁舌で他人を誘導しようとしすぎぎっす」

無忌が壁にもたれてニヤニヤしている。

俊凱は心外そうにふたりを睨《にら》んだあと、千花に向けて人のよさそうな笑みを向けた。

「貴妃さまに信用されまいと、小鵬は有力な犯人候補だと思いますよ」

千花はうなずきはしたものの反論する。

「どっちにしろ、明白な証拠がないわ」

「おっしゃるとおり、証拠はありません。自白をとるしかありませんから、宮正司におまかせしたいところです」

「宮正司にまかせたら、拷問《ごうもん》しちゃうじゃない」

「彼らも鬱憤《うっぷん》がたまっているでしょう。そろそろ獲物を与えたらどうですか」

「そんなことはさせないわ。もう少し、調べてみる」

拷問で自白を強要すれば白でも黒になってしまう。そういう調べかたはまちがっている。

（……それに、できれば嫺嬪から小鵬を奪いたくない）

きっと数少ない味方のはずなのだ。

「だから、宮正司の出番はもう少し待って」

千花がお願いするのは玄覇だ。最終的な判断は彼に仰がないといけない。

「……次の犠牲者を出すわけにはいかないぞ」

玄覇の忠告にうなずく。

「わかっています。詠恵、行くわよ」

「お供します」

千花は詠恵を連れて、大光殿《たいこうでん》を出る。

渦巻く謎に追い立てられるように足を速めた。


それから佳蕊にあらためて聞きこみ調査をさせたが、やはり小鶯と阿雀が出かけたときに不在だったのは、小鵬ひとりだった。

『それとなく、小鵬って怪しいんじゃないって持ちかけてみたけど、みんな否定するんです。小鵬はすごくいい人だって。あたしが知る範囲では、誰も小鵬が犯人だって思ってないみたいですよ』

佳蕊がたずねたほうが本音を打ち明けるのではと想定して行かせたが、千花のときと同じく小鵬の評判はすこぶるよかった。

仕事が手早く、しかもできばえもいい。同僚の様子に気を配り、困っている者がいたら相談にのってやる。なにより徐嫻嬪に忠実に仕えるさまは、心底感心させられるという。

（あまりに理想的で、だからこそ怪しいと言われたら確かにそうかもしれない）

善人の皮を完璧にかぶっているのは、裏によからぬ目的があるためだろうか。

結局、確かな証拠が摑《つか》めずに数日経ち、千花は徐嫻嬪の見舞いに行くことにした。

小鵬や徐嫻嬪の平素の情況を知るために、あえて先ぶれは出さず、いきなり押しかけることにする。

「お見舞いに大棗人参湯《なつめとにんじんのスープ》を作ったんだけど、喜んでもらえるかしら」

人参《にんじん》と大棗《たいそう》を煮た、総じて元気を補う薬膳湯である。

徐嫻嬪はここ二回ほど朝礼を欠席した。毒から復調したかと思ったら、阿雀が死んだ。しかもこんどは明らかに殺人らしいとあっては、落ちこむに決まっている。

「人参は高貴薬ですもの。嫻嬪さまが注文するにはためらう類《たぐい》のものでしょう」

食籠《じきろう》を持ってくれている詠恵の発言にうなずく。

人参は呼吸器や消化器を整える効果がある。いわば、体力を支えてくれる薬効があるのだ。副作用もないために薬草の中でも最高級に位置しているが、その分高価だ。庶民《しょみん》にはとても手に入れられないものだった。

後宮でも同じで、人参を使った料理を御膳房に注文する場合、自宮の生活費からかなりの銀が飛ぶと覚悟しなければならない。節約をしている徐嫻嬪には無理だろう。

「人参湯を飲んで、ちょっとは元気になればいいけどね。しばらくは、わたしが御膳房に依頼して、嫻嬪に届けてもらおうかなと思ってるの」

「そんなに嫻嬪さまを気にかけるのはなぜですか？」

「そりゃ、気の毒だもの。家族に大事にされなくてつらいと思うわ。血の繋《つな》がらない師父に大切に育ててもらったわたしからしたら、徐家のありようは異様よ」

血族という繋がりがなくても、家族になれると師父は教えてくれた。

「それに、嫻嬪を見てると、他の妃嬪よりも自分に近い気がするの。だからかな」

順貞宮の門が近づいてきたので、おしゃべりを打ち切る。

開け放たれた宮門から中に入り、出迎えた阿鵑に来訪を告げる。

突然の訪問のせいか、こちらが引くほど阿鵑はうろたえてから、千花たちを寝間に案内してくれた。

寝間の寝台に半身を起こしている徐嫻嬪は手紙らしきものを読んでいたが、千花たちの出現に目を丸くする。

阿鵑が椅子を寝台の近くに置いてくれる。

千花が椅子に座ると、食籠を卓に置いた詠恵がすっと背後に立った。

「嫻嬪、容態はどう？」

「……朝、起きられないのです。ずっと疲労感が抜けなくて」

「眠れてる？」

千花の質問に、彼女は首を左右に振った。

「眠れないなら、元気も取り戻せないわよ」

「……心配ごとが尽きなくて」

徐嫺嬪は手紙を胸に押し当てた。

「心配ごとって、何か起きたの？」

千花がたずねると、彼女は唇を震わせてから深くうつむいた。

「柏林《はくりん》からの手紙が届かないのです」

「今持っている手紙は？」

「以前のものです。柏林は手紙を送ったら、すぐ返事をくれていたのに――」

徐嫺嬪は唇を嚙《か》みしめている。

（他の人だったら、気にしすぎよとなだめるところだけれど……）

徐嫺嬪の場合はそうもいかない。

（手紙が届いていないのかしら。それとも、衛王妃《えいおうひ》が言っていたように病気なのかしら）

むしろ、そんなふつうの理由であってほしいと願う。

（まさか、監禁拷問なんかしていないわよね）

徐娴嬪の案じかたからすると、そういう心配をしなければならなそうだ。

「皇上に問い合わせをしてもらいましょうか？　柏林に一回会って話がしたいとか理由をつければ何とかなるかもしれない」

千花が提案すると、徐娴嬪は顔をあげた。

「お願いできますか⁉」

「も、もちろんよ。皇上に頼んでみるわね」

徐娴嬪の勢いに、面食らいながらうなずく。

「ありがとうございます。わたしがたずねたら、ひどく叱《しか》られてしまいますから」

返事に驚き、あんぐりと口を開けた。

「家族のことなのに？」

「邸《やしき》にいたとき、兄にお願いごとをしたら、忙しいのに手を煩わせるなと叱責を受けたことがあるのです」

口が開きっぱなしになってしまう。

（護国公《ごこくこう》も衛王妃も母親の影響を受けすぎでしょ）

こんなに嫌な教育の賜物ってあるだろうか。

「……娴嬪、大変ね。人参湯《スープ》を作ってきたの。飲んで、精をつけて」

「ありがとうございます」

「詠恵、温めてきて」

「かしこまりました」

詠恵が食籠を持って外に出ようとすると、小鵬が花瓶《かびん》を抱えて入ってきた。

花瓶には真っ赤な彼岸花が数本生けられている。

「お邪魔をして、ごめんなさいね」

「嫻嬪さまのお見舞いにいらしたのでしょう。主に代わり、お礼を申し上げます」

小鵬は穏やかな表情でそつなく礼を言う。

詠恵が入れ違いに出て行って、部屋には三人だけになった。

小鵬は寝台脇の茶卓に花瓶を置く。まっ白な地に藍《あい》色で草花文が描かれた花瓶と真紅の彼岸花との対比が美しい。

「きれいね。どこで咲いているの？」

「西苑《せいえん》ですよ」

千花の質問に、小鵬は簡潔に答えてから徐嫻嬪のそばに立った。

「また古い手紙を読んでいらっしゃるのですか？」

「だって、柏林からの返事が来ないのよ」

徐嫻嬪は小鵬の袖《そで》口をつかんだ。

「本当に病気なのかしら。あの子は、昔は感冒《かぜ》によくかかって寝ついていたけれど、最近はそんなこともなくなったのよ」

「心配しなくても大丈夫です。病であればじきに治ります」

徐嫻嬪の上掛けを整えながら、小鵬は微笑む。

「お休みください、嫻嬪さま」

「こんな昼間から寝られないわ」

徐嫻嬪が唇を尖《とが》らせる。

「夜も寝ていらっしゃらないでしょう」

小鵬の指摘に、徐嫻嬪が肩を落とした。

「だって、柏林のことを考えたら眠れないもの」

「柏林さまが今の嫻嬪さまをご覧になったら、かえって心配しますよ。柏林さまは利発な方です。気を揉まなくても大丈夫です」

「でも……」

延々と終わらないふたりのやりとりから目を離し、彼岸花に視線を移す。

(小鶯の巾着袋にも彼岸花が刺繍されていたわ)

徐嫻嬪の好きな花なのだろうか。

「……嫻嬪は彼岸花が好きなの？」

千花の質問に、徐嫻嬪が目をぱちくりさせた。

「今は好きですわ。昔は好きではなかったのですが」

「どうして好きになったの？」

「小さいころは怖かったのです。真っ赤な彼岸花が群生していると、まるで地獄がこの世にあらわれたみたいで」

徐媧嬪の返事に千花はうなずいた。確かに、きれいと素直に褒められない、薄気味の悪さがつきまとう花だ。

「でも、小鵬が教えてくれたのです。彼岸花は、地獄の底の炎の色をしているけれど、決して死の花ではない。これは、人をこの世に留める花なのだと」

小鵬が息を呑《の》んだ。身動きを止めて、徐媧嬪を凝視する。

「そうでしょう、小鵬」

「……覚えていらっしゃるのですか？」

「覚えているわよ。小鵬が聞かせてくれたことだもの」

徐媧嬪は静かな目をしている。そして、一心に彼を見つめている。

靄《もや》が晴れたようにすべてがあらわになった気がした。

（ふたりは想いあっているんだ……）

でも、その想いは、徐媧嬪が後宮に入るときに消さなければならなかったはずだ。

徐媧嬪は玄覇の妻にならなければいけない。そして、小鵬は一歩引いて彼女を見守る役を選んだのだ。

「失礼します」

詠恵の声が聞こえて、ハッとした。

（まずい――――！）

ふたりの仲が知られてはいけない。

千花はおろおろしながら立ちあがった。徐嫻嬪は面食らった様子だが、小鵬は平静を取り戻している。

「わ、わたし、帰るね。嫻嬪、お大事に！」

詠恵が食籠を持って入ってくる。

「貴妃さま、温めてまいりました」

「ありがとうー！　そこに置いてちょうだい、帰るわよ」

「え、ええ？」

「急ぐわよ。わたし、お腹《なか》が痛くなってきたんだから」

「まあ、それは一大事ですわ。芳華宮へ戻りましょう」

詠恵が温めた器《うつわ》を卓に置き、あわてて千花に従う。

「大丈夫ですか？　用を足すならうちを使っていただいても……」

部屋を出ようとすると後ろから徐嫻嬪が勧めてくる。

千花は振り向き、手を振った。

「わたし、自分のところじゃないと無理なのよ。だから、帰るわ！」

千花の勢いに、徐嫻嬪は言葉を失っている。

「じゃあね」

扉を押して出て行く千花の背後で、徐嫻嬪が頭を深々と下げる。対照的に、小鵬が千花の背に険しい目を向けていることに、千花自身はまったく気づけなかった。


五日後、千花は重陽の節句に使う、菊の生育状況を確認するために御花園《ぎょかえん》へ向かった。

御花園は後宮の北側にある。てくてく歩きながら、千花は詠恵と話しあう。

「小鵬の様子は変わらないみたいね」

「はい。順貞宮に派遣した侍女がそう申しておりました」

死んだ小鶯と阿雀の人員を補うためという名目で、尚宮局《しょうきゅうきょく》に依頼して侍女をふたり入れてもらった。そのうちのひとりがいわゆる密偵のごとく様子を探ってくれているのだ。

「嫻嬪は？」

「人参湯《スープ》のおかげか、少しずつですが寝床を出て動くようになっているとか」

「そう……」

喜ばしいことだが、あまりにも調査が進まない現状を思えば、気が重くなる。

「貴妃さま。新入りの侍女では、調べるといっても限界がありますわ」

「わかってる。小鵬も用心するはずだしね」

新しい侍女を入れたのは、牽制《けんせい》の意味もある。目端の利く人間ならば気づくはずだ。

詠恵は息をひとつ吸ってから言う。

「やはり、小鵬を宮正司に送ってみますか？」

「わたしは、あそこで拷問まがいのことをされたのよ。他人がやられるのは嫌だわ」

千花は眉を寄せながら応じる。

「お気持ちはわかります。拷問すれば、知らないことでも知っていると自白しかねませんもの。ただ、小鵬の目的が見えないのが心配です」

「そうよね。呉学士が組み立てた物語が真実なら、小鶯の死に関わっていることを沈黙しているのが引っかかるわ」

脅されたから阿雀を殺したことは理解できる。共に育った小鶯の死を黙っているのは、なぜなのか。

（それとも、嫺嬪はすっかり知っているのかしら。知っていてかばっている？）

考えても答えが出ない。ため息と一緒に吐きだす。

「正直、重陽の節句の準備で忙しいから、心配ごとが増えるのは困るんだけど」

「皇上と一緒に祭祀《さいし》をしなくてはいけませんものね」

「そうなのよ。準備であわただしい、当日も朝から忙しい……。寵姫ってこんなものなのかしら」

皇帝にニコニコ笑っていれば済む仕事ではなさそうだ。

「正直に申しあげますと、皇上は貴妃さまに色々やらせすぎという気もしますが」

「やっぱり！　きっと金を払うからには、こき使ってやろうと考えているのよ」

薄々感じていたことを打ち明けると、詠恵がくすりと笑う。

「でも、貴妃さまもお嫌ではなさそうですわ」

「まあ、退屈しなくて済んでるかな。貧乏暇なしだったから、お嬢さまたちみたいに何もせずにのんびりするってことができないのよね」

つい身体《からだ》が動いてしまう。本物の令嬢がすることといったら、刺繡や侍女とのおしゃべりくらい。お茶の一杯だって自分では淹《い》れずに侍女にやらせるものなのだ。

「皇上もそれを見越して、貴妃さまにお仕事をまかせているのかもしれません」

「どうかなー？」

おしゃべりをしているうちに、御花園に到着した。

宦官や侍女たちが、院子《なかにわ》に植えられた木や鉢《はち》植えの花の世話をしており、緑と土の匂いが入り混じっている。

千花たちを出迎えたのは、御花園の総責任者である太監《たいかん》だ。狐《きつね》のような顔立ちをした太監は愛想よく微笑《ほほえ》んだ。

「貴妃さまにご挨拶をいたします」

「菊を見に来たの。各宮に贈るものの生育状態はどう？」

「順調でございます。当日には満開になることでしょう」

「それはよかったわ」

彼に案内されて御花園の中ほどに進む。棚が等間隔に並べられ、菊の植えられた鉢が置かれて丹精されていた。

まだ蕾《つぼみ》は固く、葉は深い緑色だ。枯れてもないし、健やかに育っているようだ。

「こちらが皇上にお届けする分です。こちらは皇太后さまに」

「蕾が大きいから大輪の花が咲きそうね」

「この者たちが世話をしました」

ふたりの宦官の前に案内された。ひとりは二十代くらいなのかニキビの跡がいくつも散って若々しく、もうひとりは五十を過ぎているようだが老成した松のような雰囲気を漂わせている。

「きちんと世話をしてくれて、どうもありがとう。咲くのが楽しみだわ」

千花が礼を言うと、ふたりとも深く頭を下げた。

松のような雰囲気のほうにたずねる。

「もしかして、あなたが指導をしているの？」

「はい」

「この者は西苑で花や樹木の世話をしておりまして、育てるのがうまいためにこちらに配属になったのです」

太監の言葉に、松のような雰囲気の宦官がうれしそうにしている。

「いえいえ、わたしなどまだまだ――」

「あの、西苑には彼岸花が咲いていると聞いたけど、本当？」

小鵬が言っていたことを思いだして質問する。

「はい。咲いてございますよ」

「彼岸花は毒の花よね。それでも育てているの？」

宦官たちが不思議そうにしたあと、笑いだした。

「貴妃さまは、まだご存じないのでしょうか。西苑は、元は景勝地を再現する目的で造園された場所なのですよ」

「皇上は安平《あんぺい》からなかなか離れられませんからな。そのために、西苑は各地の著名な風景を模しているのです。五山《ござん》の松、岳州《がくしゅう》の藤、徽州《きしゅう》の蓮《はす》、紅州《こうしゅう》の彼岸花、白州《はくしゅう》の紅葉、他には――」

「紅州は彼岸花が有名なの？」

なぜだか嫌な予感で胸がドキドキする。

「紅州は米の産地ですが、水路の脇には無数の彼岸花が植えられているそうですよ。彼岸花の球根には毒があるので、土を掘り返すもぐら避けですな」

「紅州には璃江《りこう》の支流が流れこんでいるのですが、そこの堤《つつみ》の土手にも彼岸花が植えられているんだそうです。見渡す限り彼岸花が咲くさまは圧巻で、震えがくるほどだとか。夕陽《ゆうひ》に照らされて真っ赤になった河と真紅の彼岸花が咲き乱れるさまを見れば、三途《さんず》の川というのはこんなところかと思うそうですよ」

「見てみたいですねぇ」

のほほんとしゃべっている宦官たちと異なり、千花の胸は痛いほどに鼓動《こどう》を打った。

（……どうして忘れていたんだろう）

麗州《れいしゅう》で承之《しょうし》と彼岸花を眺めたときのことを思いだした。厨師《ちゅうし》の修業をはじめたころだった。

『師父、彼岸花ってなんだか怖い花ね。毒を持っているし、色は炎の色だもの』

『彼岸花は怖い花じゃねぇよ。これはな、飢《う》えた人間を救える花なんだ』

承之は彼岸花の根元を掘って一本抜き、球根を示しながら教えてくれたのだ。

『この球根は毒の塊《かたまり》。ところがだ。うまく処理すると食えるのさ』

毒なのに食べられるというのが不思議で、千花は首を傾げた。

『食べられるの？』

『やりかたを教えておくから、覚えとけよ。こんな知識、使う日が来ないのが一番だが……いつか、役に立つときが来るかもしれねぇからな』

そう言って、切なそうに彼岸花を見渡した。

『人間、毒を食ってでも生きていかなきゃならねぇときがあるんだ』

脳裏に立つ承之の姿が四散し、自分の胸をぎゅっと押さえる。

「貴妃さま？」

詠恵が心配そうに横顔を覗《のぞ》いてくる。

彼女を安心させるようにうなずいてから、松の雰囲気の宦官に頼んだ。

「お願いがあるの。西苑に行って、彼岸花を三十本くらい抜いてきてもらえる？」

「はい、よろしいですとも」

「そして、御膳房に持って行ってほしいの。お礼は必ずするから」

千花の勢いに押されるようにして、菊の担当の宦官たちが動きだす。

詠恵が千花の手を握ってくれた。

「貴妃さま？」

「皇上のところに行かなきゃ。小鵬のことで相談したいことがあるの」

「かしこまりました」

残った太監に、御膳房に花を届けたら大光殿に連絡をしてほしいと言《こと》づける。

しかし、千花の動きは一歩遅かった。

夕刻、玄覇が順貞宮にくだした小鵬を寄越すようにという命令の返事は、小鵬が外出先から帰ってこないというものだった。


三日後の午後。千花は大光殿へと向かった。

詠恵に食籠を持たせ、途中で寄ったのは順貞宮だ。宮門は閉ざされて、宦官の衛士《えじ》が門の両脇に立っている。

徐嫻嬪は、小鵬逃亡の責任を負わされて禁足の命令をくだされた。

順貞宮への出入りを禁ずるという聖旨《せいし》は各宮にも届いている。

(食事は届けてもらえるけど、きっと息苦しい生活だろうな)

物の持ち運びも基本的には最低限の用向きだけと制限されているし、念入りに検査を受けるのが通例だ。

宮門に掲げられた扁額《へんがく》を見あげてから、千花はまた歩きだした。大光殿に到着するや、執務室へ直行する。

玄覇は相変わらず上奏文を前に積みあげて筆を走らせ、俊凱が玄覇と几案《つくえ》を挟んで上奏文を整理し、資料を差しだしている。

「本当に作ってきたんすか？」

壁にもたれていた無忌は、頭の後ろに手を置いて、呆《あき》れたように言う。

「作ったわよ。食べてみなきゃわからないでしょ」

「でも、毒なんすよね」

無忌は俊凱に顔を向ける。

俊凱はにこやかに微笑んだ。

「空腹でしょうから、お先にどうぞ」

「ひっでぇ。毒見役にする気すか」

「毒見なら、わたしがしたわよ。毒は抜けてるっぽいから大丈夫よ、たぶん」

詠恵が几案の端に食籠を置く。蓋を開けて中から取りだしたのは青磁の皿だ。皿には白くて薄い餅《ピン》を数枚重ねている。

「さ、どうぞ。彼岸花の薄餅《ボーピン》よ」

彼岸花の球根をすりおろし、木綿の布で包んで水の中で揉む。

ドロドロの液ができたら沈殿するまで待ち、何度も水を替えてでんぷんだけをとりだす。

このでんぷんを乾燥させたら、彼岸花粉が完成だ。この粉を水で溶いて焼いたのが、彼岸花の薄餅である。

「すごく苦労して作ったのよ。食べてみてよ」

「いや、でも、毒だし……」

無忌が派手に顔をしかめている。

「だから、毒抜きしたから食べられるんだってば。中毒はしないと思う……たぶん、きっと、おそらく」

「すっごい不安になるんすけど」

「そんなに言うなら持ってこい。俺が食べる」

玄覇が言うや、無忌が背をぴーんと伸ばして大股《おおまた》で千花に近寄ってきた。

「皇上に毒見なんかさせられないっす。俺が食べるっす」

無忌は薄餅を一枚つまんだ。

「焼いたあひるの皮を包むやつぽいっすね」

「それに近いと思う。さ、食べてみて」

千花が促《うなが》すと、無忌は細く丸めて食べはじめた。

無忌は玄覇が教育したので、食べ方はきちんとしている。軽く眉を寄せて口をもぐもぐとさせ、その顔でぼやいた。

「まずくもないけど、うまくもないっす。なんか、かすかに青臭いにおいがするっすね」

「まずは球根をすりおろすんだけど、けっこう青臭かったわね」

「ちょーっとだけモチモチしてるかな。でも、味がしないっすよ」

「飢饉《ききん》のときに食べるって聞いたから、味つけしなかったのよね。でも、塩くらい入れればよかったわ」

話していると、俊凱が近づいてきた。

「後学のために、臣も一枚いただいてよろしいでしょうか」

「どうぞ」

俊凱もなんともいえぬ顔をして咀嚼《そしやく》している。

「……確かに、まずくはありませんが、うまくもありませんね。ちなみに、毒が残っていたら、どうなるのでしょうか？」

「一時間もしないうちに嘔吐《おうと》と下痢《げり》をもよおすのよ。最悪の場合は、呼吸が停止するんですって」

千花の答えに、ふたりが顔を見合わせている。

「彼岸花の毒はね。水に溶けるけど、熱では変性しない。つまり、焼いたからといって、毒が消えるわけじゃないの。だから、師父が言ってたわ。彼岸花を食べるってことは、飢え死にするか、毒に当たって死ぬか、命を元手に一か八かの賭けをするようなものだって」

俊凱と無忌が唇の端を引きつらせている。

「俺も食べる」

玄覇が言うから、千花は血相を変えた。

「皇上はだめよ！　毒に当たったら、どうするのよ！」

「俺たちはいいんすか……」

「万が一ってことがあるでしょ」

「まあ、皇上が当たるよりは我々が中毒したほうがマシですからね」

俊凱が遠い目をした。

「それで、呉学士。十年前の記録は見つかった?」

千花の質問に、彼はまじめな顔になってうなずいた。

「ええ、ありました。正規の報告書というよりも、紅州の知州《しゅうちじ》に仕えていた幕僚《ばくりょう》の走り書きのようなものでしたが。飢饉に陥《おちい》った紅州の民が、彼岸花を抜き取って食していたという記述でしたね。製法を詳しく書いていないのは、知識がなかったからでしょう」

「彼岸花が咲いていないところじゃ、要らない知識だものね」

それに、役人になるような人間は貴族か科挙の合格者だ。難関の科挙に受かるためには長期間勉強しなければならず、必然、地主や金持ちの子弟でなくては時間を割けない。彼らに貧民の食の知識がないのは当然だろう。

「彼岸花を食べるなんて、よほどの飢饉に陥ったとき。そして、彼岸花粉を作ろうと思ったら、大量の彼岸花が必要よ。だって、彼岸花粉は球根の重量の五十分の一まで減るんだもの」

詠恵がうなずく。

「おそらく、小鵬は十年前に紅州で飢饉を生き延びた者なのでしょうね。その小鵬が護国公の邸で嫺嬪さまたちと一緒に育ったということは――」

「碧血会《へきけつかい》が反乱を起こしたときに、先代の護国公は禁軍を率いて紅州を急襲し、乱を鎮圧しています。おそらく、そのときに接触したと考えるのが自然です」

俊凱の補足にうなずく。

「衛王妃の話だと、先代の護国公は小鶯を拾ってきたそうだもの。もしかして、小鵬や小鶯は碧血会の反乱か飢饉で親を失った遺児ってことかしら」

「先代の護国公はいい人っすね。殲滅《せんめつ》したと復命しておきながら、助けたわけっすよね」

無忌の言葉を聞き、詠恵が頰に手を当てて考えこむ顔をした。

「……先代護国公は高潔な方だと聞いたことがありますもの。いくら反乱を起こしたとはいえ、元は田を耕していた農民です。殺すのは、忍びなかったのでしょうね」

四人で顔を見合わせる。

「……小鵬が順貞宮に帰らないのはなぜなのかしら」

千花の疑問に、俊凱が応じる。

「やはり、小鶯と阿雀の死に関係しているのではないでしょうか」

「だとしたら、理由を知りたいわ」

「阿雀に碧血会の人間だってバレたからじゃないっすか？　碧血会は、騒乱を起こした秘密結社っすよ。俺が碧血会の人間なら、死ぬまで秘密にするっすよ」

無忌の言葉にうなずいてから、俊凱に顔を向けた。

「護国公に小鵬の問い合わせをしてみたの？」

「行き先は知らないそうです」

「本当っすかね」

「わかりませんね。使用人が罪を犯したとして、かばってやるほどの温情が護国公にあるかどうか」

俊凱が玄覇をちらりと見た。

「そもそも、護国公は皇上に忠心耿耿《ちゅうしんがあつい》とはいえませんね。柏林と面会したいという皇上のご希望を、弟は病気だという理由で撥《は》ねつけましたので」

「……病気なら仕方ないんじゃない？」

「常王《じょうおう》殿下は療養中でも皇上の召喚に応じましたよ」

俊凱の反駁《はんばく》に言葉を失う。

天子の命令であれば、病床に伏していても参上するのは臣下の義務だ。

「護国公が背負ってでも連れてくるのが筋っすよね」

無忌が腕を組んで言い放つ。

（皇帝って怖いわー）

相手の情況などおかまいなし、自分の都合だけを押しつけて許されるのが、天から地上をまかされた天子だ。

「小鵬に関しては、行き先を調べるしかないが……彼岸花か」

玄覇が思案げにつぶやいた。

「どうしたの？」

千花がたずねると、玄覇は穏やかに微笑んだ。

「乞巧奠の刺客の身体には、彼岸花の刺青《いれずみ》が入っていただろう」

俊凱が眉を跳ねあげた。

「皇上のおっしゃるとおりです」

「小鶯が持っていた袋にも、彼岸花の刺繍がされていましたわね」

詠恵の言葉に、千花は勢いこんでうなずいた。

「そうよ！　小鶯が持っていた袋の中の盒……。盒の中の白い粉は、彼岸花粉だったんだわ！」

頭を整理するために続けて口を動かす。

「まるで符丁みたいね。彼岸花は……碧血会の証なのかしら」

千花の言葉に玄覇が応じる。

「おそらくな」

「だとしたら……護国公は、警戒するべき相手かもしれません」

俊凱の発言に目を瞠る。

「なんで？」

「乞巧奠の警護は禁軍が担当していましたよ」

「だったら、刺客を招き入れることもできるっすよね」

同意する無忌と俊凱を見比べて、頬を引きつらせる。

「ま、まさか……。あの刺客は匕首《あいくち》を鯉《こい》の中に隠していたのよ。見破れなかっただけよ」

「どうだかな。俺が捕らえろと命じたのに、徐梓軒《しんけん》は刺客を殺した。しくじったから、口封じをしたとも考えられる」

玄覇の言葉に、無忌が右こぶしを己の左手に打ちつけた。

「あのとき、皇上の捕らえろって命令と同時に、殺せっていう声が皇族の席から聞こえたっす。護国公は、やっぱりそっちに従ったってことっすよ」

「……護国公が信用ならないなら、万景楼での祭祀も危ういですね」

俊凱の指摘に、千花はハッとした。

「重陽の節句の祭祀のときに、何か起こるってこと？」

重陽の節日に、皇帝は万景楼という名の楼閣《ろうかく》に登り、四方に伏礼して王朝の繁栄を祈る。しかも、楼閣に登るのは、皇帝と皇后のふたりだけと決められていた。陽《よう》をあらわす皇帝と陰《いん》を意味する皇后が揃《そろ》い、陰陽和合の組み合わせで祭祀を行うのが慣例なのだ。だから、皇后代理である千花が玄覇と祭祀をする予定になっていたのだが。

「じゃあ、中止にしなきゃ。危険は可能な限り避けるべきよ」

「中止にはしない。祭祀は挙行する」

玄覇の返答に当惑し、千花は俊凱を見あげる。

彼は玄覇に目礼してから言った。

「災いの芽があるなら、摘んでおくに越したことはありません」

「今のところ、客観的な見地から言えば、徐梓軒は刺客を殺して俺を守り、己の責務を全うしただけだ。疑いだけでは、中止にする理由にならない」

かすかに笑みを浮かべる玄覇に、千花は泡を食った。

「で、でも、何が起こるかわからないのに」

「事前に、最悪の事態に備えて対処をしておけばいいだけだ」

「でも……」

「もしも、謀《はかりごと》があるなら、つぶせばいい」

不敵な玄覇の笑みに、千花は困惑を深める。

(小鵬がいなくなって、護国公はなんだか怪しい。こんなときに祭祀をするべき?)

だが、すべては憶測でしかない。そして、憶測だけで、皇帝の権威を高めるための祭祀を中止にはできないのだろう。

千花はこぶしを握った。

「わかったわ！　わたしもお付き合いする！」

「貴妃さま」

詠恵が目を丸くしている。

千花は三人を見渡した。

「何が起こるかわからないけど、とにかく皇上を守るのがわたしたちの役目よ。事前の準備を考えましょう」

何があろうと玄覇を守ってみせる。千花の気合に、他の三人は一様にうなずいた。


九月九日の重陽の節日は朝から快晴だった。

真っ青な空に薄い雲が一筆で描いたようにたなびいている。

玄覇は早暁《そうぎょう》から皇祖皇宗を祀《まつ》る奉先殿《ほうせんでん》に赴き、経を読む。それから、集《つど》った群臣から挨拶を受ける。

千花も朝早くに起床すると、まずは皇太后のもとへ挨拶に行った。届けた大ぶりの菊は満開で、御花園の者たちの働きも報《むく》われたようだ。

皇太后と共に菊の花びらを浮かべた酒を飲み、無病息災をお祈りしてから、芳華宮へと戻った。朝礼を開いて妃嬪たちに菊茶を供する。

徐嫻嬪の空席を切ない気持ちで眺め、妃嬪《ひひん》たちとこれまでの無事とこれからの安息を祈る。

朝礼の終了後、韋賢妃《いけんひ》や蘇康嬪《そこうひん》たちとわずかな時間おしゃべりをしてから、千花は祭祀のために着替えた。

頭にかぶるのは鳳凰で飾られた宝冠だ。耳には白玉の耳墜《イヤリング》を揺らす。着ている襖《おう》はゆったりとした袖で菊の文様が織られ、さらには菊を刺繍した方補《ほうほ》を胸につけている。襞《ひだ》が細やかに寄る裙にも金糸で雲龍海水紋が刺繍されていて、華やかな衣裳だ。

玄覇は皮弁《ひべん》冠をかぶり、紅の袍《ほう》と裳《も》を着て同色の蔽膝《へいしつ》を垂らす厳《おごそ》かな装いだ。

ふたりで向かったのは西苑だ。万景楼はそこにすくっと立っている。

西苑内は禁軍の兵が護衛をすることになっていた。

武装した兵が行きかう中を、まず案内されたのは、万景楼の近くに建つ宮殿だ。

内部には祭壇があって、天帝たる玉皇上帝をお祀りしている。

祭壇に掲げられているのは、玉皇上帝の絵姿だ。蓮の花を模した宝座に白い衣を着て座り、厳格な顔をして祈る者たちを睥睨《へいげい》している。

九の陽数が重なり陽気が極まるこの日、天帝に嘉《か》国の永遠の繁栄を祈るのが昔からの習わしだった。

むせかえるような白檀《びゃくだん》の香りをかぎながら、祭壇の中央に備えられた銅香炉《こうろ》に線香を立てると、三跪九叩頭《さんききゅうこうとう》をする。やたらと重い宝冠をかぶらされた千花は、拝礼しただけで疲労感を覚えた。

　玄覇の手を借りて立ちあがり、思わずぼやいた。

「なんか頭がくらくらする……」

「大丈夫か？」

「首が折れそうです」

「耐えろ」

　玄覇に一言で命じられ、千花は頬をふくらませた。

「皇上にはわからないんですよ。わたしの首が受けている拷問なんか」

　気をまぎらわせるために、祭壇のお供え物を眺める。

　今朝捕らえたばかりの鴨《かも》に半眼で笑う豚の頭、干鮑《ほしあわび》に魚翅《ふかひれ》、桶《おけ》に入れられているのは脚《あし》をしばった、まだ生きている大閘蟹《かに》だ。丸々としていて、身がパンパンに詰まっていそうだった。

　食い意地を断ち、玉皇上帝を見つめる玄覇の横顔に視線を移して彼の袖を握った。

「……今なら間に合います。中止にしませんか？」

　敵の思惑が見えないため、対策をしたとしても不安は消えずにいる。

　彼が身体の向きを変え、千花に相対した。

「中止にはしない。祭祀はやる」

「でも……」

「おまえはここに残っていいんだぞ」

静かに告げられて、千花は眉を跳ねあげた。

「皇上が祭祀をするなら、わたしもお供します。やとわれといえども、貴妃なんですから！」

千花は自分の胸を叩いた。

「皇上は、わたしが守りますからね」

自信満々に胸を反らしてみせたが、玄覇は沈んだ表情だった。

「どうしたんですか？」

「いや……」

斜めに視線を落とす様子に心がざわめく。不安が拭《ぬぐ》えないのだろうか。

「守ってもらう必要などない。俺の命にそんな価値はないからな」

いきなり放たれた言葉に、千花はポカンと口を開いた。にわかに信じられず、脳の中でぐるぐる回っている。

（俺の命にそんな価値はない？）

とんでもなく自分を卑下《ひげ》した発言だ。

皇帝が言う——いや、玄覇を知るひとりの人間として、とうてい許容できなかった。

「そんなこと、絶対にありません！」

千花の声はあまりにも大きすぎて、広い殿内に響き渡った。

「声がでかい——」

千花は玄覇の鼻先にびしっと指を突きつけた。

「馬鹿《ばか》なことを言わないでください！　わたしが知っている皇上は、価値がない人なんかじゃありません！　誰よりも民のことを思って働いているのに、自分で自分を安物にしないでください！」

玄覇が啞然《あぜん》としている。

「たとえて言うなら、羊肉を鶏肉《とり》の値段で売っているみたいなものですからね!?」

言い切ってから、ふんと小鼻から息を出した。

大声を出したせいか、少しだけ、すっきりとした気分になる。

「皇帝を指さすな」

玄覇は指を摑《つか》んだあと、ため息をついた。

「……おまえと話していると、力が抜ける」

「いいことじゃないですか。力むより」

玄覇は口を開きかけてから、渋い顔をした。

「……おまえの忠告はありがたく聞いておく」

「ありがたそうに見えませんけど」

そのとき、外から扉を叩く音がした。

「皇上、そろそろお時間です」

玄覇が摑んでいた指を放した。

「わかった」

玄覇が扉に向かった直後、千花は彼の目を盗んでお供えの魚翅《ふかひれ》を懐に入れた。

大きくて分厚く、しかも硬い。いい盾《たて》になるはずだ。

ふたりして外に出ると、宮殿の階の下には護国公が待ちかまえていた。警護を担当しているのだから、いて当たり前なのだが、寒気がして身体が震えてしまう。

冷徹な顔つきは、頼りがいがあるように見えなくもないが、今は何を考えているのかわからない不気味さを感じるばかりだ。

護国公の両側には、武装した兵士が立っている。千花は扉の近くに控えていた詠恵にうなずく。

詠恵がいつもと同じく穏やかな表情で顎《あご》を引いた。

「皇上、こちらです」

護国公が先導をする。その背中に玄覇は冷たい視線を向けてから、千花を見下ろした。

「いくぞ」

「はい」

千花はあえておっとりと答えてから、周囲の兵を見渡した。

戦でもはじめるのかというような物々しさだ。

腹に力を入れてから、護国公に続いて万景楼の入り口に向かう。

楼の真下から上を見あげて、千花は眉に手をかざした。

(でかっ)

万景楼は八層づくりの楼閣だ。木造の楼閣は黒い屋根と青い壁の高楼で、各層は外を見学できるように壁は胸の高さまでにされている。屋根の鏡板には八仙渡海や嫦娥奔月《じょうがほんげつ》といった神仙の物語が色鮮やかに描かれているが、それよりもすばらしいのは最上階の眺めであるらしい。

玄覇が楼をぐるりと廻る階に足を踏みだし、千花もあとに続く。

重たい宝冠を落とさないために、身体の平衡《へいこう》を保ちながら八層目についた。部屋の中に進み、風を受けながら四方を見渡して、目を輝かせた。

「すごい……」

遮《さえぎ》るもののない風景は、圧巻だった。

南に視線を移せば、黄瑠璃瓦《きるりがわら》が黄金の波のように続く皇宮が目に入る。

北には屏風《びょうぶ》のように山脈が連なり、皇宮の庭にも引かれている河水の流れが天漢《てんかん》のように輝いていた。

東西には民家が子どもの玩具のような大きさで並び、行きかう人々は芝麻《ごま》の大きさだ。

万景楼は皇帝の園林である西苑にあることから、一般庶民はけっして足を踏み入れられない場所だ。今日のこの眺望も、祭祀をする玄覇と千花しか独占できないものだった。

「おい」

呆れたような玄覇の声に、我に返った。

物見遊山ではなく、祭祀のためにわざわざ昇ったのである。

「すみません」

玄覇と並んでひざまずき、拝礼する。

祈るのは、嘉国の安泰と王朝の繁栄だ。

(どうか玉皇上帝まで届きますように)

陽気が極まるという重陽の日の、さらに陽気が最大になる時刻に、天により近い場所で祈るのは、天帝へと願いを届けるためなのだから。

背後からきしりと音がして、千花は肩をびくりと揺らした。

振り返れば、階段の上り口に小鵬がいる。麗《うるわ》しい容貌《ようぼう》は、憂《うれ》いの色に染まっていても、なお美しいままだった。

「小鵬……」

千花は玄覇の手を借りて立ちあがり、顔を歪めた。

小鵬は手に剣を握っていた。相対する互いの距離は、七、八歩もあれば届くだろうか。

「……やはり来たな」

玄覇のつぶやきに、小鵬は眉を跳ねあげた。

「……わたしが来ると予想をされていたとでも？」

「おまえが刺客に変じる可能性はあると考えていた。碧血会の者ならば、なおさらだ」

「ええ、そうですね。わたしは碧血会の血盟者です。国を、皇帝を、恨んで当然の者ですから」

投げやりな言葉に、千花は眉をひそめる。

「皇上は、あなたたちのような人たちを二度と出したくないから、政務に取り組んでいるのよ」

「そうだとして、過去の恨みが消えるとでもお思いですか？」

小鵬がせせら笑う。

玄覇は表情も変えずに言った。

「少し話をしないか。余はおまえの身の上を聞きたい」

「話をする？」

小鵬は訝《いぶか》しげに問い返した。

玄覇はかまわずに話を続ける。

「おまえは、紅州の飢饉で生き残った者だな？　彼岸花から彼岸花粉を作り、それを食ってかろうじて生き延びた。そうだな？」

「……ええ」

小鵬は訳がわからないという表情でうなずく。

「余も貴妃が作ったものを食った。たいしてうまくなかったが、あれを食して命を繋いだんだな」

玄覇の言葉を聞き、小鵬は無言で剣から鞘《さや》を払う。金属がこすれあうゾッとするような音に、千花は思わず玄覇の前に出かけ――彼から肩を摑まれて隣に戻された。

「やはり、余はおまえから話を聞かなければならない。紅州で起こった飢饉のことを、碧血会の者たちの声を。おまえならば、伝えられるはずだ」

小鵬は剣の切っ先をこちらに向けながら、眉をひそめている。

玄覇は彼の目をまっすぐに見ながら告げる。

「生き残りならば、おまえには余に話をする義務がある。死者の無念も生者の辛苦も、おまえが語らなかったら、闇《やみ》に消えるだけだ」

剣の切っ先が斜めに落ちる。小鵬は信じがたいという表情でつぶやいた。

「……なぜ、それほどまでに話を聞きたがるのですか？」

「余は天子だぞ。天子が治める民の声を聞かずして、どうする」

当たり前のように言われたことに、小鵬は絶句している。

千花は玄覇を見あげた。

（……この男《ひと》は、ちゃんと天命を授かっている）

皇太后が指名したから皇帝になったのではない。

天帝が天子になるべきだと選んだから登極したのだ。

小鵬は剣の切っ先を完全に床に向けた。

「……あの年の夏の水災はひどいものでした。見渡す限りの地面が水で覆《おお》われて、せっかく育った稲も倒れたり流されたりした。家族を失った者も家を流された者も数えきれないほどいました。それでも、残った稲が育てば、かろうじて命を繋げるのではないかと思っていたのです」

小鵬はそこで言葉を切り、苦しげな表情で肩を上下させた。

「けれど、水災のあとは、ひどい日照りに襲われました。残った稲も次々と枯れ、途方に暮れたおとなたちは、紅州の知州《しゅうちじ》に助けを求めに行きました。だが、城市《まち》を囲う壁は分厚く、城門は閉ざされたまま、ついに開かれなかった。紅州の知州は、城市の内部に義倉米を蓄えていたというのに、一粒の米も供出してくれなかったのです」

小鵬の目が怒りに爛々《らんらん》と輝いている。

「あとで知った話ですが、規定の軍糧米を確保するために義倉米を死守しようとしたのです。中央から来た監察御史も見て見ぬふりをした……。わたしたちは、国から見放されたのです。碧血会が血盟を結び、州府や富商を襲うのも、当たり前でしょう！」

小鵬の血走った目に、胸が苦しくなる。飢えるつらさを、千花は知っているからだ。

「……生き残るために、あなたたちは、彼岸花粉を食べたのね」

「そうですよ。食に詳しい貴妃さまなら、おわかりになるでしょう。彼岸花の球根は花を咲かせる前に一番栄養を蓄える。水に流されなかった彼岸花の球根を必死に集めて、それを粉にしました。命を繋ぐために」

彼岸花は飢饉のときに最後に食べる命綱——承之の言うとおりだったのだ。

「……でも、彼岸花には毒がある。毒抜きが十分でなかったせいで、何人もの人間が死にました。妹も……ふたりで生き残ろうとしたのに中毒し、痩《や》せた身体に最後の止めを刺されて死んでしまった」

小鵬が遠い目をした。

「冬を迎え、生き延びた者たちは碧血会を名乗り、乱を起こしました。あれは紅州の民の正当な抗議だった。しかし、やはり天子には届かなかったのです。都からやってきた先代護国公の兵たちは我らを殺して回りました」

「しかし、殲滅はしなかった。先代の護国公は逃げた者を追うようなまねはしなかったんだな？」

玄覇の質問に、小鵬は小さくうなずく。

「先代の護国公は、女や子どもは助けよとお命じになられたのです……。聖旨に逆らうことは許されない……けれど、ご自身は無駄な殺戮《さつりく》を容認できないとおっしゃっておられました」

「そして、先代の護国公はあなたや小鷲を引き取ったのね」

小鷲が持っていた彼岸花の巾着袋、そして盒に入っていた白い粉。彼女も紅州の生き残りのはずだ。

千花の問いに、小鵬はほろ苦い笑みを浮かべた。

「……親を失ったわたしたちを、憐《あわ》れまれたのです」

先代護国公にとって、せめてもの贖罪《しょくざい》だったのだろうか。

「嫻嬪について後宮に入ったのは、彼女と一緒に育ったから？」

千花の問いに、小鵬は口を閉ざした。

「嫻嬪を守るためでしょう？」

問いを重ねても、彼は答えない。

「それとも、機を見て余を殺せと護国公に命じられていたか？」

玄覇の問いに、小鵬は冷ややかなまなざしになった。

（娴嬪に仕える陪嫁人として後宮に入りこんだけど、実態は刺客だったというの？）

それならば、徐娴嬪の扱われ方がぞんざいだったのも理解できる。はなから刺客を隠すための入宮だったのだろう。

「乞巧奠の刺客は、おまえの仲間か？」

玄覇の問いに、小鵬は唇を引き結んだ挙句、小さくうなずく。

「小鶯をなぜ殺した？」

「……殺したのではありません。徐家から連絡が来たあと、小鶯はわたしの様子から察して止めようとした。刺客になるなんて、愚《おろ》かなまねはするなと。揉みあいになり、振り払ったあとに、ああなったのです」

小鵬の抗弁を聞き、玄覇は鋭い目になった。

「では、阿雀を殺した理由は？」

「……あの女はわたしを脅したのです。わたしたちを尾行し、小鶯と揉みあいになった現場を目撃した。証拠に、死んだ小鶯の巾着袋を盗んでいたのです。阿雀は、小鶯を殺したことを黙っていてほしければ、自分の男になれと迫った。宦官に想いを寄せてどうなるというのでしょうね。邪魔でしたので、毒を盛って池に放りました」

小鵬の乾いた笑いが、ひゅうひゅうと音を立てて鳴る風にさらわれる。

「……おまえをここに寄越したのは、護国公か？」

玄覇の問いに、小鵬は薄く微笑んだ。

「いいえ。わたしの意志です。十年前、幼いわたしは碧血会に身を投じました。我が身には、彼岸花の刺青がありますが、これこそが碧血会の一員である証。国を恨んだ果てに、皇上を討つのです」

「護国公との繋がりを否定しようとしても無駄だぞ。ここに来られたことこそが、奴の配下だという証拠だ」

「……護国公とは関係ありません」

「誰のために義理立てをしているんだ？　嫻嬪か？　あいつを締めあげれば、素直に吐くか？」

玄覇の脅迫《きょうはく》に、小鵬は顔色を変えた。

「やめてください！　嫻嬪さまは関係ありません！　あの方は何もご存じないのです！」

必死に否定する姿が、哀れなほどに証明していた。

小鵬は徐嫻嬪を愛しているのだと。

「ならば、証言しろ。護国公が余を弑《しい》せとおまえに命じたと。そうすれば、命は助けてやれる」

小鵬が薄ら笑いを面貌に張りつけた。

「……命乞いをしろということですか?」

「命乞いをしろと命じているのではない。無駄に死ぬなと言っている」

玄覇の言葉を聞き、小鵬は眉を寄せ、何かをこらえるような顔をした。

「小鵬、皇上の言うとおりにして。あなたを助けられるのは、皇上だけなんだから」

もしも護国公が小鵬を利用しようとしているなら、彼から小鵬を守れるのは玄覇だけだ。

小鵬が身体を揺らす。苦悩するように頭《こうべ》を垂れる小鵬の背後に、武装した兵が数人あらわれた。

次の瞬間、小鵬が前のめりに倒れた。背中には剣が突き刺さっている。

事態の急変に声も出せずにいると、兵のひとりが小鵬の首を摑んで、脇に放り捨てた。

上り口からあらわれた五人の兵は、鞘を払った剣を手にして、千花たちと対峙《たいじ》する。

「……余は殺せと命じていないぞ」

圧のこもった玄覇の声には、怒りが滲《にじ》んでいた。

「皇上のお命を狙った刺客です」

「話をしていただけだ。刺客ではない」

玄覇が兵を見渡した。だが、彼らは顔を合わせて嘲笑《ちょうしょう》を浮かべ、玄覇に反駁する。

「いいえ、刺客です」

「なるほど、捨て駒《ごま》か。碧血会の血盟者が余を殺し、刺客をおまえたちが殺すのであれば、理屈が成り立つからな」

玄覇が楽しそうにしている。

「くだらん策略だが、護国公は、あれで必死に考えたんだろう。しかし、余は死んでいない。どうするつもりだ？　もっとも、すでに予想はついているが」

兵がさらに足を踏みだした。

千花は玄覇を守ろうと前に出かけたが、またもや肩を摑まれて隣に引き戻される。

「うまくいかなかったときは、余に止めを刺せと命じられていたのだろう。だが、踏みとどまるならば命は助けてやるぞ」

兵たちは顔を見合わせて破顔した。

ひげ面の男が胸を張って剣をかまえた。

「護衛もいらっしゃらないのに、我々を止められるのですか？」

憫笑《びんしょう》を顔面に張りつけて、さらに足を踏みだしかけたとき、玄覇が声を張った。

「無忌」

巨大な烏《からす》が目の前を横切るようにして、勢いよく室内に飛びこんでくる。ひげ面男の横っ面に蹴《け》りを浴びせて吹っ飛ばすと、落ちた剣をすばやく拾い、千花たちを背で隠すようにして兵と対峙した。

「この王八《くそったれ》！　おまえらのおかげでひっどい目に遭《あ》ったっすよ！　半日も屋根にべったり

張りつく羽目になったんすからね！」

一方的に文句を言われた兵たちは愕然《がくぜん》としている。たとえ皇帝といえども丸腰ならばたやすく殺せると思っていたのに、予想外の邪魔者の出現が信じられないのだろう。

むろん、無忌が半日もこの楼の最上階を覆う屋根に這《は》いつくばる羽目になったのは、玄覇が命じたからだ。

『刺客があらわれるかもしれないから、無忌は万景楼で密かに待機していろ』

どの階にも身を隠す場所などない楼閣で、誰にも見つからないように〝待機〟するには、屋根と同色の黒い曳撒を着て、屋根にへばりついているしかない。しかも、存在を悟らせないために、早朝からの待機命令である。

「おまえらに選ばせてやるっすよ！　降参したら、赦《ゆる》してやってもいいっす！　しないなら、殺すだけっすよ!?」

兵が互いの顔を見合わせた瞬間、無忌は手近な兵の顎を蹴りあげた。

「一秒で答えが出せない笨旦《のろま》に、生きる資格はないっすよ！」

倒れた兵は顎を押さえて悶絶《もんぜつ》している。おそらく骨が砕けたのだろう。

無忌はかかってくる兵を蹴り飛ばすか、斬《き》り捨てるかして、排除していく。

だが、階の上り口から、新手が複数あらわれた。

（……当初の予定では、呉学士が左衛軍《さえいぐん》を連れてくる手はずよ）

千花は身じろぎしない小鵬と返り血を浴びまくっている無忌を見比べて、ハラハラしていた。

安平は右衛軍《うえい》と左衛軍が防備をしているが、右衛軍を率いる輔国公《ほこくこう》の妻は長泰大長公主《ちょうたいだいちょうこうしゅ》だ。寿陽《じゅよう》大長公主と長泰大長公主は姉妹なので、輔国公を信頼できない。そのために、中立派とされる左衛軍の将軍に、兵を率いて万景楼へと馳《は》せ参じよと命じる玄覇の詔勅《しょうちょく》を俊凱が届けているはずなのだ。

楼閣の部屋は狭いから、無忌がひとりでもなんとか玄覇を守れるが、無限に刺客を送りこまれないためにも、護国公を牽制してもらわなければならないのだが――。

(早くなんとかしないと、小鵬が死んでしまう)

かといって、小鵬に近づくこともできない。千花は玄覇を守らなければならないのだ。無忌も軽口を叩く暇がなくなったのか、かかってくる敵をひたすら蹴るか斬るかしている。

ふと嫌な予感がした。倒れた兵のひとりが短刀を握っている。目に入った瞬間、千花は玄覇の前に両手を広げて立ちはだかった。

投げられた短刀が胸に突き刺さる。崩れ落ちかける千花を玄覇が抱きしめた。

「千花⁉」

「……だ、大丈夫、です」

千花は胸に刺さった短刀を抜いてから、懐から魚翅《ふかひれ》を取りだした。

「これが、わたしを救ってくれましたから」

それからごそごそと魚翅を懐に戻す。高価な物だから、あとで料理に使わねばならない。

「……そうか」

力が抜けたように彼は千花の肩に額を押しつけた。

「な、なんですか？」

面食らっているうちに、無忌と相対する兵がひとりになった。

若い兵は、剣をかまえているが、腰が引けた様子だ。

なんせ無忌の周囲には、死んでいるのか生きているのか判然としない男たちが折り重なっている。その男たちを見渡し、若い兵は全身を震わせている。

「さて、おまえが最後のひとりっすよ」

余裕の無忌に、玄覇が命じる。

「無忌、そいつを拘束しろ」

「はい！」

無忌は若い兵の腹に力いっぱいこぶしをめりこませ、膝《ひざ》をつかせた。背後に回るや、男の首を摑む。

「馬鹿なまねをしたら、息の根を止めるっす」

腹への一撃がよほど効いたのか、兵は口の端から涎《よだれ》を流しながらあえいでいる。

玄覇は千花の腰に手を回し、半ば抱えるようにして兵の前までやってくる。眉が凛々《りり》しい兵は、玄覇を一瞥《いちべつ》するや顔を伏せた。

「妻子はいるか？」

玄覇の問いに、兵はおそるおそる彼を見あげてうなずく。

「父母は健在か？」

この問いにもうなずいた。

玄覇は満足そうに微笑んだ。

「おまえの返答次第では、そのすべてがこの世から消えることになる」

兵が蒼白《そうはく》になり、身体が揺らめいた。が、無忌が首を引っ張って姿勢を正させる。

「天子に刃を向けておいて、おまえとおまえの係累が、のうのうと生きていられる道理などない」

冷ややかな言葉こそが、兵の喉に突きつけられた白刃と化す。

「だが、おまえが万景楼の下で、護国公の暴挙を自白するなら赦してやってもいい。おまえとおまえの血に連なる者が生き延びたければ、余の恩情にすがるしかないぞ」

兵は壊れた玩具のように、何度も頭を縦に振る。

千花は腰に回された玄覇の腕の力が緩んだ瞬間、うつ伏せになっている小鵬に走り寄った。小鵬は目を開けたままこと切れていた。

千花は彼の隣にひざまずいて、衿《えり》を少し持ちあげて肌を覗く。肩甲骨《けんこうこつ》には、彼岸花の刺青があった。

「……せっかく毒を食べてまで生き延びたのに、どうしてこんなことになるのよ。嫻嬪がまた泣くじゃない」

目が潤みそうになるが、唇を噛んで我慢する。

「千花、行くぞ」

玄覇の声を聞き、小鵬に手を合わせると、千花は立ちあがって身を翻《ひるがえ》した。

万景楼の階を下り、外に出ると、護国公が待ちかまえていた。彼は玄覇の姿を見るや、一瞬呆然とする――が、すぐに気を取り直したように両手を身体の前に重ねて礼をした。

「こ、皇上」

玄覇は護国公を一瞥すると、無忌に顎をしゃくる。

無忌は捕まえていた兵を護国公と玄覇の間に立たせた。兵は玄覇と相対するや、崩れるようにひざまずき、地面に額をこすりつける。

「皇上、お赦しください！　畏《おそ》れ多くも玉体に刃を向けよとお命じになられたのは、護国公です！　刺客を万景楼に放つが、そやつがしくじったときは、我々が刺客と皇上を斬り伏せろと命じられたのです！」

まるで天に届けとばかりの大音声《おんじょう》なのは、遠くにちらほらと見える左衛軍や距離を置いて控える宦官たちに聞こえるようにだろう。

「で、でたらめを申すな！　そのようなことを、皇上の伯母を母に持つ臣が命じるはずがなかろう！　皇上、この者の虚言を信じてはなりません！　臣は宗室の血を引いております！　このような下賤《げせん》の者が申す言葉と、どちらをお信じになられるのですか!?」

護国公は額《ぬか》づいている兵を指さしながら弁解する。

兵は地面にさらに額を叩きつけながら叫んだ。

「護国公は確かにおっしゃいました！　皇上を殺せと！　皇上は、本来、他の者が座るべき玉座を盗んだ卑劣漢《ひれつかん》。皇上に刃を向けるのは、謀反《むほん》ではなく世を修正する行いなのだと説明されたのです！」

「ふざけるな!!　この者は虚言を申しております！　そ、そのようなことを命じるはずがありません！　臣は皇上をお守りする禁軍の将軍。皇上に刃を向けるなど、するはずがない――」

「護国公、頭《ず》が高い。ひざまずけ」

玄覇が氷の粒を吐くような冷たい声で命じる。

護国公は屈辱《くつじょく》のため顔を歪めた。

「聞こえないのか？　ひざまずけ」

再度の命令に、護国公は両膝を地面につけた。

「無忌、こいつの頬を殴れ」

「はい！」

無忌は護国公の前に立つや、襟《えり》首を掴んでから左頬を殴りつけた。

骨に当たるような鈍い音のあと、護国公は右半身を地面に叩きつけて倒れる。

（痛そう……）

思わず胸にこぶしを当てる。音を聞いているだけで、自分の骨がきしむようだ。

護国公は咳《せき》こんだあと、血を吐いた。それから、よろよろと身体を起こす。両膝をつき、左頬を押さえ、肩で息をしながら言った。

「こ、皇上、臣は……臣は、罠にかけられたのです。そ、その男は嘘《うそ》をついて、臣を貶《おとし》めようとしている――」

「まだわからんようだな。無忌、もう一発殴ってやれ」

「はい！」

無忌は再び護国公の襟首を掴んで持ちあげると、左頬にこぶしをめりこませた。先ほどよりも力が強かったのか、護国公が吹っ飛んで倒れる。地面に散った白いものは、おそらく護国公の歯だ。

（本当に痛そう……）

護国公は悪人だと思う。が、こんな容赦《ようしゃ》のない暴力にさらされているのを見ると、さすがに胸がうずく。

玄覇は冷酷なまなざしで護国公を見下ろした。

護国公はまたもや両膝をつき、背を丸めて肩で息をしたあと、玄覇を涙目で見あげた。

「こ、皇上、なぜ、このような……」

「おまえは余の番犬だと申していたな。番犬というのは、この無忌のように、余がおまえの頬を殴れと命じたら忠実に殴る者を言う。おまえのように天子を弑そうとした逆賊《ぎゃくぞく》など、断じて番犬ではない」

玄覇が言いきると、左衛軍の兵が走り寄ってきた。

皇帝から逆賊という単語を浴びせられたら、もはや生きる術《すべ》はない。

護国公は眼球がこぼれおちんばかりに目を瞠っている。

「たとえ、高貴な血が流れると言い張ろうと、おまえは天子の命を狙う叛臣《はんしん》にすぎない。上等な血が通う頭で考えたことが、余を殺すこととはな」

玄覇の双眸《そうぼう》はこの世の生き物とは思えぬ冷たい光をたたえている。

護国公は地面にひれ伏した。

「お赦しください！　皇上、どうかお赦しください！」

「皇帝弑逆を企《たくら》んだ乱臣賊子《ぎゃくぞく》。おまえの罰は、凌遅処死《りょうちしょし》だ」

凌遅処死は身体の肉を切り刻み、苦しめ抜いて殺すというこの国の最高刑だ。

護国公は弾かれたように上半身を起こした。

「こ、皇上、お、お赦しを――」

「もう少しマシな死に方をしたければ、余を殺せと命じた奴の名を言え」

護国公は下を向いた。頰を殴られたせいで唇が歪み、止まらない血が地面に垂れる。

「……おりません」

「では、おまえが余を弑すと企んだのか？」

「皇上を弑そうなどと企んではおりません！」

「ならば、誰がおまえに命令をくだした」

玄覇が引きだしたい名はただひとつ。衛王か恭王の名に違いない。

だが、護国公は答えない。地面に額を押しつけて、うずくまった。

「……おりません」

一拍の間のあと、玄覇は穏やかに微笑んだ。

「おまえは余に不忠だが、他の奴には忠犬のようだ。だが、一晩だけ待ってやる。苦しまずに死にたければ、飼い主の名を言うがいい」

玄覇のそばに、戦袍と鎧《よろい》を着こんだ実直そうな青年がやってきた。おそらく左衛軍の将軍であろう彼は、両手を胸の前に重ねて礼をする。

「護国公、いや、徐梓軒を刑部で取り調べさせよ。牢《ろう》に入れ、誰にも会わせるなと伝えろ」

「かしこまりました」

玄覇の命令に深くうなずき、青年は配下の者たちに命じて梓軒を拘束する。

「放せ！　下賤の分際で、気安く触れるな！」

梓軒は身体をよじって抵抗するが、複数で囲まれて身体を取り押さえられれば、なす術もない。あっという間に縄でぐるぐる巻きにされてしまった。

容赦なく立たされて引きずられていく。

「皇上、お赦しを！　濡《ぬ》れ衣《ぎぬ》です！　臣は無罪です！」

叫び続ける梓軒からみな目を背けている。

謀反人と関わり合いがあると見なされて、巻き添えになるのを恐れているためだ。

「貴妃よ、行くぞ」

「はい」

千花はよそゆきの顔をして玄覇に寄り添う。

玄覇の隣で前だけを見て、千花は西苑をあとにした。

終章

重陽《ちょうよう》の節句の翌日、起き抜けの玄覇《げんは》のもとに飛びこんだ知らせは、徐梓軒《じょしんけん》が牢《ろう》内で死んだというものだった。

至急参上せよと命じられ、あわてふためいて大光殿《たいこうでん》の正殿に到着した刑部尚書を待っていたのは、玄覇の厳しい叱責《しっせき》だった。

龍が雷を落とすような激しさに、刑部尚書は床にひれ伏してうずくまるばかりだったという。

刑部尚書の説明では、捕縛された日の夜、寿陽大長公主《じゅようだいちょうこうしゅ》が面会してしばらくのち、牢内の徐梓軒は泡を吹いて倒れた。

明らかな中毒の症状に太医《たいい》を呼んだが、手の施《ほどこ》しようもなかったという。

面会を禁じていたのに寿陽大長公主を牢に通したのは、言い訳のしようもない大失態だが、寿陽大長公主は常軌を逸した様子で泣き叫び、牢の見張り番程度では食い止められなかったらしい。

玄覇は寿陽大長公主を召喚したが、彼女は息子に毒を盛るはずがないと強気の口吻《こうふん》で否定した。

結局、寿陽大長公主が息子を酷刑《こっけい》に遭《あ》わせたくないがゆえに自死させたのか、口封じのために殺すしかなかったのか。

真相は闇《やみ》の中だった。

重陽の節句から十五日後、千花《せんか》は詠恵《えいけい》と佳蕊《かずい》を連れて北門に来ていた。

後宮の裏口ともいえる門を訪れたのは、見送りのためである。

姿勢のいい娘の立ち姿を発見し、千花は声をかけた。

「嫻嬪《かんひん》！　じゃなかった、琳瑾《りんきん》！」

「貴妃《きひ》さま、なぜここに？」

振り返った琳瑾が目を丸くしている。男物の曳撒《えいさん》を着て、髪は結ったあとに頭巾《ずきん》でまとめている。凛々《りり》しい姿のそばには、阿鵑《あけん》が落ち着かなさげに立っていた。

徐梓軒が捕縛されたあと、徐嫻嬪は、嬪位《ひんい》を取りあげられて庶人《しょじん》の身分となった。

といえども、琳瑾は体調不良だったので、順貞宮《じゅんていきゅう》での静養を許されていた。

なんせ、実家である徐家は護国公《ごこくこう》の爵位を取りあげられ、残された寿陽大長公主や護国公の夫人は安平《あんぺい》を追放の処分となったのだ。郊外にある徐家代々の墓がある村で墓守をせよというのが大長公主たちにくだされた処置だった。

「見送りに来たの。今日、出立するんでしょう？　北路《ほくろ》軍のところに」

「はい」

琳瑾が生まじめにうなずいた。

徐琳瑾と徐柏林《はくりん》も安平追放の処分となった。追放先は、遠く離れた北の地だ。

しかし、それは表向きの発表で、裏では違う処分が伝えられていた。

「あの子が柏林？」

開け放たれた門からは御膳房《ごぜんぼう》へと食材を運ぶ荷車や、後宮に使う品々を運ぶ宦官《かんがん》たちでごった返している。門の向こうに従者を連れた少年が立っていた。

「はい」

「柏林くん！　ちょっとこっちに来て！」

千花が大声を出して手招きするものだから、たむろっている宦官たちはギョッとした顔で避けていく。柏林が戸惑った様子で近寄ってきて、琳瑾と並んだ。

「……後宮に入っていいのでしょうか？」

柏林は白い面貌《めんぼう》に困惑をあらわしている。白皙《はくせき》の美少年という風情《ふぜい》だが、目の奥に理知的な光があり、賢そうだった。

「わたしが許したんだからいいの。えっと、あなたたちは追放処分ではあるのですが、同情した呉《ご》学士の伝手《つて》で北路軍の将軍が私的に雇う幕僚《ばくりょう》になります。理解しているわよね」

北路軍とは北辺防備の軍である。北辺は遊牧民族と緊張状態にあり、たびたび小競り合いが起きている。いつ本格的な戦《いくさ》になってもおかしくないと言われている土地だ。

「はい。皇上の恩情に感謝の念は堪《た》えません」

柏林は両手を胸の前に重ねて礼をした。

皇帝弑《しい》逆《ぎゃく》犯の家族など、族滅の憂《う》き目に遭ってもおかしくない。だが、玄覇は追放処分に留めたのだ。

「それで、あなたたちに皇帝の密命がくだりました。それを伝えに来たの」

ふたりは顔を見合わせてからひざまずいた。背後の従者や阿鵬も主に従う。皇帝の聖旨《せいし》を聞くときの習わしだ。

千花は詠恵から渡された紙を広げ、読みはじめる。

「このたび、そなたたちは北路軍に属することが決定した。余は北路軍の軍兵を我が子のように案じており、その様子を知りたいと望む。そなたたちに箱を託す。この箱に手紙を入れ、余のもとに送れ。月に二度、必ず書くように。余は手紙を確認次第、宸筆《しんぴつ》をもって返信す。これは嘉《か》の臣民であるそなたたちの義務である。決して怠《おこた》ることなきよう」

千花は紙を丸めて琳瑾に押しつけた。それから、詠恵が渡してくれた風呂敷に包んだ箱を柏林に手渡した。

柏林が左手に箱をのせ、右手で風呂敷をほどく。箱は黄金色に塗られ、中央には五爪《ごそう》の団龍《だんりゅう》が彫られている。玄覇が地方官に渡している、皇帝直送の報告書を入れる箱だ。

「錠前《じょうまえ》がついているけど、開ける鍵をあなたたちにひとつ渡します。皇上が合鍵を持っているわ。つまり、皇上とあなたしか手紙を見る人はいないの。何でも好きなことを書いてね」

千花が微笑《ほほえ》むと、柏林が唇を引き結んだあと、地面に伏して礼をした。

「……皇上のご聖恩に感謝いたします」

柏林は賢いから、玄覇の意図をすぐに理解したのだろう。これは玄覇が彼らを見捨てはしないという意思表示だ。

「必ず手紙を書くのよ。皇上が膝《ひざ》を叩くような情報を送ったら、きっと出世できるわ」

玄覇は護国公の爵位を取りあげたが、徐家を取りつぶしてはいない。これは、柏林たちが身を立てる道を残してやっているのだ。

「さ、立って。ずっと膝をついていたら、痛くなるわよ。ここから北路軍の軍府まで長旅なんだから」

一月はかからないと聞いたが、秋になると雪が降りだす場所なのだとも耳にした。きっと、旅は楽ではないはずだ。

「粽子《ちまき》を作ったから、道中で食べてね」

千花は佳蕊に預けていた布袋を琳瑾に手渡した。蒸しあがって間もないから、まだほんのりと温かい。

「貴妃さま、ありがとうございます」

「長旅になるだろうけど、気をつけてね。感冒《かぜ》を引かないように」

涙ぐむ琳瑾が小さくうなずく。

ふと彼女の腰帯に小さな巾着袋《きんちやく》がぶらさがっているのに気づいた。その袋には、彼岸花《ひがんばな》が刺繡《ししゆう》されている。

「琳瑾、それ」

「ああ、これはわたしが刺繡をしたのです」

琳瑾は帯に結んでいたひもをほどき、袋を手にのせた。

「小鵬《しようほう》がくれた彼岸花の花びらを入れています」

「そう……」

千花は喉《のど》に声がつまって、ろくに返事ができなかった。

小鵬が碧血会《へきけつかい》の血盟者だったこと、死んだこと、すべて琳瑾には伝えている。

「……小鵬を、大切に思っていたのね」

千花の問いに、琳瑾は寂しそうな目をした。

「小鵬は礼節を保っていましたわ」

「……うん」

小鵬にとってもまた琳瑾は大切な存在だったのだろう。互いの間に一線を引いていたとしたら、かえって証明しているのだ。

「小鵬は……わたしたちに徐家の危害が及ばないように刺客になったと柏林は言いました」

「……そう」

「小鵬は、わたしの命を救ってくれたも同然です」

琳瑾は袋の彼岸花の輪郭《りんかく》を指でなぞった。まなざしはどこまでもやさしい。

「追放処分を取り消していただける日が来たら、紅州《こうしゅう》に参ります。小鵬を生かしてくれた、彼岸花の咲き乱れる光景を見たいのです」

琳瑾のまなざしには、かつて見た強い光が宿っている。

その光に照らされるように、千花の脳裏には幻《まぼろし》の彼岸花が乱れ咲いた。

真っ赤な花と夕暮れの河。目に痛いほどすべてが紅《くれない》に染まる光景だろう。

（……彼岸花は恐ろしい花じゃない）

あの花の色は、生きている人間の身体《からだ》を流れる血潮の色なのだ。

「姉さん、行こう。日が暮れる前に客桟《やど》につかないと」

柏林が琳瑾の袖《そで》を引く。

「そうね、行きましょう。貴妃さまもお元気で」

琳瑾は嫻嬪だったときのように万福礼《ばんぷくれい》をしたあと、身を翻《ひるがえ》した。さっそうと歩きだす背中には、自由の風が吹きつけている。

「気をつけて！」

千花は振り返ったふたりに声をかける。

北門を抜け、姿が見えなくなるまで、ずっと手を振り続けた。


徐琳瑾が旅立った夜。

常夜灯《とも》が灯る薄暗い芳華宮《ほうかきゅう》の寝間で、玄覇は性懲《しょうこ》りもなく仕事をしていた。

寝台に座り、地方官から届いた手紙を読む。

「こんな正確性に欠ける情報をもったいぶって書きつづりやがって。俺の時間を返せ」

ブツブツと文句を言ってから手紙を畳んだ。

(明日、根拠となる数字を書けと返事を大書きしてやる)

玄覇は手近に置かれた茶卓に手紙を放ってから、寝台に寝転んだ。

傍《かたわ》らでは千花が横になっている。

こちらに背を向けて、上掛けを頭までかぶっている。

(もう寝たようだな)

琳瑾を送ってから玄覇のところに戻ってきた千花は、彼女たちの様子を事細かに説明していた。冗談を盛んに言って、浮ついた足取りで去っていった。

もっとも、あとから密かにやってきた詠恵は、心配そうに報告した。

『貴妃さまは、ご無理をなさっていますわ。琳瑾さまたちを送ったあと、御膳房に行きましたけど、黙々と生地を麵台《めんだい》に叩きつけておられましたもの』

厨師長《ちゅうしちょう》に無理を言って、彼らの昼食である麵條《うどん》を打ったらしい。

小麦粉の塊《かたまり》をつくり、それを無言でひたすら伸ばしていたという。

『いつもと変わんないじゃないっすか』

と無忌《むき》は言っていたが、玄覇は直感した。

小鵬の死と、そしてその死で琳瑾の心を傷つけたことが、千花はひどくつらいのだ。

しかし、誰にも言えないので、麵を伸ばして心を慰《なぐさ》めていたのだろう。

千花の様子が気になって仕方なかったから、玄覇は様子を探りにきた。

それに、ここ久しく芳華宮を訪れていないから、よい機会でもあった。

眠くはないが目を閉じた直後、鼻をすする音がした。目を開けて千花を見れば、小さな背中が震えている。

しばらく身じろぎせずにいると、こらえきれない嗚咽《おえつ》が漏れた。

千花は泣いていた。

様子を窺《うかが》ってから、玄覇は声をかけた。

「泣くなら、寵姫《ちょうき》らしく泣け」

千花の動きが止まる。彼女はもぞもぞと動いて玄覇に向き合った。目が真っ赤で、頰《ほお》が濡れている。気まずさをごまかすためか、千花はふてくされたように言う。

「寵姫らしく泣けって、どうすればいいのよ」

「俺がすぐそばにいるんだから、俺にしがみついて泣けばいい」

虚をつかれたのか、千花はまじまじと玄覇を見た。

それから、身体をずり動かして、玄覇の懐《ふところ》に収まる。

玄覇の寝衣の衿《えり》を遠慮がちにつかむと、顔を押しつけて泣きだした。

嗚咽を押し殺すようにむせび泣いている。

しばし動かずにいてから、千花の背に腕を回して抱きしめる。

（泣くな、千花。俺はおまえに笑ってほしいんだ）

後宮に入ってからも、千花は麗州《れいしゅう》にいたときと変わらない。

姿形を妃風に整えても、中身は食を愛する素朴《そぼく》な娘だ。

師父を失って以来ずっと、つらいことがあっても、なかなか泣かない――いや、きっと泣けずにいたのだろう。

（今は泣くときだ）

泣いて心の澱《おり》を吐きだすときだ。

（明日になったら、元気になってくれ）

涙まじりの息が安らかな寝息に変わるまで、玄覇は千花の背を撫《な》で続けた。

ふたりが別れるその日まで、あと一年と二か月——

参考文献

『論語　新釈漢文大系』吉田賢抗　著（明治書院）
『蘇東坡100選』石川忠久　著（日本放送出版協会）
『中国の歴史9　海と帝国　明清時代』上田信　著（講談社）
『中国の建築装飾』楼慶西　著　李暉　鈴木智大　訳（国書刊行会）
『中国服飾史図鑑　第三巻』黄能馥　陳娟娟　黄鋼　編・著　古田真一　監修・訳　栗城延江　訳（国書刊行会）
『火の料理　水の料理　食に見る日本と中国』木村春子　著（農山漁村文化協会）
『乾貨の中国料理』木村春子　監修　山本豊　久田大吉　脇屋友詞　譚彦彬　共著（柴田書店）
『中国・楊州の名菜』居長龍　著（旭屋出版）
『新中国料理大全1〜5』中山時子　木村春子　著　陳舜臣　監修（小学館）
『中国人の死体観察学『洗冤集録』の世界』宋慈　著　西丸與一　監修　徳田隆　訳（雄山閣）
『大明衣冠图志』擷芳主人　著（北京大学出版社）

※この作品はフィクションです。実在の人物・団体・事件などにはいっさい関係ありません。

集英社オレンジ文庫をお買い上げいただき、ありがとうございます。
ご意見・ご感想をお待ちしております。

● あて先
〒101-8050　東京都千代田区一ツ橋2-5-10
集英社オレンジ文庫編集部 気付
日高砂羽先生

集英社
オレンジ文庫

やとわれ寵姫の後宮料理録 二

2023年5月23日　第1刷発行

著　者　日高砂羽
発行者　今井孝昭
発行所　株式会社集英社
〒101-8050東京都千代田区一ツ橋2-5-10
電話【編集部】03-3230-6352
【読者係】03-3230-6080
【販売部】03-3230-6393（書店専用）
印刷所　図書印刷株式会社

ISBN 978-4-08-680502-5 C0193